W'

万榕

传播新知 优美表达

# 我的宝石

[日] 朱川凑人——著

王延庆 乐小燕——译

ⓒ 朱川凑人　2022

## 图书在版编目（CIP）数据

我的宝石 /（日）朱川凑人著；王延庆，乐小燕译 . —
沈阳：万卷出版公司，2022.2
ISBN 978-7-5470-5885-5

Ⅰ．①我… Ⅱ．①朱… ②王… ③乐… Ⅲ．①短篇小
说—小说集—日本—现代 Ⅳ．① I313.45

中国版本图书馆 CIP 数据核字（2021）第 254265 号

WATASHI NO HOSEKI by SHUKAWA Minato
Copyright ⓒ 2016 SHUKAWA Minato
All rights reserved.
Original Japanese edition published by Bungeishunju Ltd., in 2016.
Chinese (in simplified character only) translation rights in PRC reserved by Liaoning Wanrong
Book Co., Ltd, under the license granted by SHUKAWA Minato, Japan arranged with
Bungeishunju Ltd., Japan through CREEK & RIVER Co., Ltd., Japan and CREEK & RIVER
SHANGHAI Co. Ltd., PRC.

出版发行：北方联合出版传媒（集团）股份有限公司
　　　　　万卷出版公司
　　　　　（地址：沈阳市和平区十一纬路 25 号　邮编：110003）
印 刷 者：河北赛文印刷有限公司
经 销 者：全国新华书店
幅面尺寸：145mm×210mm
字　　数：185 千字
印　　张：9.5
出版时间：2022 年 2 月第 1 版
印刷时间：2022 年 2 月第 1 次印刷
选题策划：王会鹏
责任编辑：李　明
版式设计：任展志
封面设计：任展志
责任校对：尹葆华
ISBN 978-7-5470-5885-5
定　　价：45.00 元

联系电话：024-23224481
邮购热线：024-23224481
E - m a i l：wanrongbook@163.com

# 目 录

# 寂寞的围巾

我要给你写一封信。

如实地写下我的感受，尽管不知道你是否会相信。

就算是对你在我的耳边呢喃细语的回复吧。

## 一

时隔已久，今天再次来到了昔日的故地。

你是否知道，东京北边有一个叫作 T 的街道。记得那时我对你说过，小学三年级的时候，我的家就住在那里。

"真奈美，T 街道在埼玉县，是不是?"店里的客人总是会像这样嘲弄我。实际上，T 街道位于东京的足立区。相邻的车站坐落在埼玉县内，在我经常乘坐的东武伊势崎线上，这里是东京最北边的一个车站。

埼玉县是个好地方。无论过去还是现在，我都愿意到那里去旅游购物。在那个年代，人们动辄喜欢拿地区或者职业说三道四，试图分出个高低贵贱。多数情况下，越是远离中心的地区，越是冷门的职业，就越会成为人们谈论的对象。人们就是喜欢把什么事情都分出个三六九等，似乎只有这样才能抬高自己所处的地位，否则内心就会感到种种不安。现在看起来，那简直愚蠢到了极点。

我非常喜欢 T 街道。

说起来，那里的确不如大都市交通方便，也不如大城市那么有名气。可那是养育了我的地方，我对它有着一份特殊的感情。住在那里，我并没有感觉到任何的不适。一条轻轨直通浅草和银座，觉得很方便。从前，东武线和日比谷线的车厢里往往拥挤不堪，想起来就令人望而却步。可那不是也恰好证明，沿线各地有许多人居住吗？

时隔多年，我今天为什么又回到了 T 街道呢？——老实说，个中缘由，我自己也不知道。

只是，无意中和你再次相遇，不由得使我忆起许多往事。那一幕幕令人难忘的情景，让我联想起年轻时和你在一起的宝贵时光。

回到阔别多年的 T 街道，我心中百感交集。

自从结婚离开，最后一次来到 T 街道，是为了参加亲戚的葬礼，如今算起来也有二十年的光景。母亲早已去了养老院，现在也没有什么亲戚住在 T 街道。从这个意义上说，T 街道对于我来说早已物是人非——也正是由于这个缘故，今天重返 T 街道，仿佛它的每一个角落都渗透着我对往事的无限追思。

再次回到 T 街道，一下车便看到一片高架的施工现场，车站大厅早已失去了原有的面貌。记得小的时候，这里曾经是一个大超市，还有一家书店，如今这些店铺都已经搬出了车站。据说是为了让车站变得更加美观，似乎也无可厚非。

车站的四周，比起我小的时候并没有多大变化。

尽管新建了一些高大的建筑，可车站前那巨大的转盘，还有那四周的房屋，以及车站一层的店铺都还保留着旧貌。如果仔细查看，或许能够随处感受到时代变化的脉搏，如此说来便是无尽无休。

走在附近的大街上，学生时代的回忆不禁被一一勾起。经常光顾的书店如今已经不见了踪影；曾经的点心铺摇身一变成了便利店；老旧的公共住宅被改建成为高层公寓，所有这些无不让我为之震撼——而那些依旧如故的景象也同样令我感到震惊。

我沿着大路继续前行，来到了自己居住过的地方。

这段路程乘车不过十分钟的时间，看上去整个街道并没有多大变化。排列整齐的公共住宅，街头绿地的儿童公园……让人惊讶的是，我曾经就读过的小学，不知何时已经更改了校名。我立即来到一家酒铺，向老板询问起事情的原委。据酒铺老板介绍，由于学生人数骤降，不得不和临近的小学合并，并且取了新的校名。

校舍和校园依旧如故，却完全变成了另外一所小学，让人一时难以接受。自己的确背着书包在这里读过书，过去的时光不可能彻底消失，而眼前的这一切让我难掩内心的惆怅。

我独自漫步在学校的四周——那一幕幕情景，不由得让我回想起了不二彦君。

蒙蒙细雨中，不二彦君一个人无精打采地走在回家的路上。系在脖子上的那条浅黄色围巾，在风雨中哗啦啦地飘荡……那场景只有我一个人能够看到，它是寂寞的象征。现如今，不二彦君早已长大成人，想必也已经不再孤独，正在幸福地过着他的人生吧。

"你在说些什么？什么叫寂寞的象征？"

每当我想起这些，你那疑惑的表情就会再一次浮现在我的眼前。

可即使我说了，你也不会相信。相反，你还会指责我的眼睛、我的大脑出了问题。

正因如此，母亲曾经一再嘱咐我……不要对任何人说起这件事情。在母亲看来，能够看到那种古怪事情的人，不可能像正常人一样生活。

实际上，这种事情如果让母亲以外的人知道了，或许我根本就不可能像正常人一样生活至今。正是出于这一原因，我既没有对你说起过，也没有告诉过店老板。

是的，只有我一个人能够看到的世界——人的内心世界，它是寂寞的象征。

　　如果不按顺序逐一解释清楚，或许你根本不可能理解那到底是怎么一回事。

　　或许不只是你一个人，只要是正常生活着的人（说起来就是普通人，可如果抛开这一点，我也是一个普通人，却要说得如此复杂），都不可能立即相信会有这种事情发生。就算是我这个当事人，当初丝毫也没有料到自己会有这种能力，能够看到如此奇妙的事情。

　　那究竟是一种什么力量？——我至今对此一无所知。难道说，那就是人们所说的特异功能？还是我的眼睛出现了故障？抑或只是一种幻觉？我无法对此做出判断。

　　为此，我曾经请医生做过检查，结果被确诊为，一种由于事故所带来的精神上的后遗症。可在我看来，医生的诊断结果，与其说是为了检查"为什么能够看到这种事情"，更多的是基于"为什么执意要说自己能够看到这种事情"而做出的结论。因为这种事情，如果不是实际看到，谁也不可能相信它的存在。

　　和父亲一起被卷入一起交通事故，还是在我上小学之前。

　　那时我的家并不住在 T 街道，而是住在杉并区的 M 街道。对于当时的事情，我已经记不太清了，只记得 M 街道位于青梅大街上一个环境优美的住宅区附近。

父亲曾经是一名司法书士[①]，在新宿和朋友合伙开了一间办事处。

遗憾的是，对于父亲的记忆，在我的头脑当中只留下了一些断断续续的片段。我记得他宽宽的臂膀，一张孩子一样的娃娃脸……却无论如何也想不起他的笑容，眼前出现的只有他的遗容。更可悲的是，我无法回忆起他的声音，这让我失去了父亲最为重要的一个部分。无奈，当时也没有摄像机。

小的时候，我经常在父亲的办公室里一玩儿就是一整天。母亲是一名护士，父母双双外出做工，幼小的我便成了无人照看的孤儿。

再早时，母亲没有外出工作。可是仅靠父亲一个人的收入，无法维持一家人的生计。为此，母亲在我两三岁的时候，又重新做起了结婚后曾经一度中断了的护士工作。

多数情况下，我被送到一家被称为"保育员妈妈"的家中照看，按照事先的约定，每天支付给对方一定的看养费。有时因为对方无暇顾及，或者因为家中收入紧张，我就不得不在父亲的办公室里度日。那个年代，幼托事业并不发达（当然现在也同样不令人满意），为此出现这种情况似乎也不足为奇。

小的时候，我对父亲的工作并不理解。只记得父亲总是会忙里偷闲，抽出时间陪我在办公室附近的花园神社玩耍。现在回想起来，或

---

① 司法书士：日本的司法代书人，工作为办理与财产、商业相关民事事务的登记手续，撰写文字材料，上交裁判所、检察厅。

许当时也给一起经营的合伙人添了许多麻烦。但毕竟是互相帮助，于是也就得到了对方的谅解。

也许，那起事故就发生在从父亲的办公室下班回家的路上。事故前后的经过我已经记不得了……只记得，那是在一个下着瓢泼大雨的夜晚。

那天父亲开着车，我坐在副驾驶上。还记得，我手里抱着一个可爱的小兔子布娃娃。

"真奈美……闭上眼睛睡觉，到家爸爸会叫你的。"

"不，我不睡觉。"

这是事故发生之前，我和父亲的一次对话。我已经记不得，当时为什么会如此固执。事实上，这便是我和父亲之间，在这个世界上的最后一次对话。

新宿和杉并之间开车并不需要很长时间。可毕竟时间已经很晚，当时我也只有五岁，经不住一天的疲劳，于是小脸蛋儿紧紧贴在小兔子的前额上，开始徘徊于梦幻与现实之间。

"啊！"

突然之间，传来父亲的一声尖叫，我猛地抬起了头。就在那一刹那，我的耳边响起了一阵撕心裂肺般的急刹车声，紧接着汽车开始向右旋转。

接下来的瞬间，眼前被迎面驶来的汽车大灯照得一片通明。我只觉得，父亲的左手一下子把我小小的身躯紧紧地按在了座椅上。那时的法律，还没有规定乘车人必须系安全带。为此，我和父亲都没有系着安全带。

刹那之间，我并不知道发生了什么事情。我只是隐隐约约地记得，随着一声巨大的轰鸣和一阵猛烈的撞击，我的身体被轻轻地抛起，额头重重地撞在了迎面冲过来的仪表板上。

接下来几个小时内发生的事情，在我的记忆当中完全是一片空白。

当我再次苏醒过来时，已经是在一家医院昏暗的病房里——我躺在病床上，面容憔悴的母亲焦急地守候在我的身边。

"真奈美!"

见我睁开了眼睛，母亲急忙呼唤着我的名字。我刚要张开嘴说话，却感到肚子里一阵剧烈的翻滚，接着便开始大口大口地呕吐起来。

有关事故前后的细节，我并不想在这里过多地讲述。

事故的真相是——我和父亲驾乘的汽车，在大雨之中经过青梅大街时，被卷入了一起由于卡车司机的野蛮驾驶而引起的三辆汽车连环相撞的事件当中。父亲当场死亡，我的右锁骨和头盖骨严重骨折，身受重伤。幸运的是，我保住了一条性命，但头发下面留下一块巨大的疤痕，至今可见。

听母亲说，我们的汽车前半部分被撞得面目皆非，我能够保住性命简直就是奇迹。警察则认为……或许是因为我的身体轻，车子被撞击的那一瞬间我从座位上滑落，从而避免了被夹在座椅中间。遗憾的是，汽车遭到撞击后，驾驶席只剩下不到三分之一的空间，即使系上安全带，父亲也很难幸免于难。

算起来，事故发生时母亲只有三十二岁，她所承受的打击让人无法想象。

突然间失去了丈夫，年幼的女儿又受了重伤，残酷的现实让母亲无法接受。没有了支柱，没有了依靠，一家人的生活完全没有了希望。面对这一切，母亲甚至没有时间冷静下来思考，彻底陷入了绝望。

不幸的是，这种悲剧几乎每天都在世界的各个角落重复地上演着——看到报纸和电视的新闻报道，我不禁感到痛心。对于那些陷入绝境却依然能够顽强地生活着的人们，我表示由衷的敬佩。

从这一意义上说，母亲同样令人尊敬。一场事故瞬间夺走了心爱的丈夫（父亲和母亲曾经热恋，并最终结为婚姻），剩下年幼的我，一家人走投无路，母亲只得终日以泪洗面。

但是，母亲却没有因此而倒下。她擦干了眼泪，毅然走出了家门。加上祖父母还健在，使母亲得以重新回到了工作岗位。母亲事后表示——那更多地还得益于自己坚韧不拔的性格。

父亲去世后，母亲含辛茹苦，在继续做好护士工作的同时，把我一手养大。得知母亲的艰辛，我怎么也不忍心再在母亲面前提及自己的"疾病"。

是的，最初，我甚至把自己的这种幻觉当成了一种疾病。

我没有信心，无法将自己的感受如实地讲述给完全没有相同经历的人，并得到他们的理解——事实上，自从那次事故以后，不知为何，我总是会在人的颈部模模糊糊地看到一片白色的气体。像是云雾编织的项链，缠绕在人的脖子上……我这样说，不知道能否得到你的理解。

开始，我把看到的一切如实地告诉给了母亲。母亲怀疑我的眼睛里长出了异物，立即带我去了眼科医院。

眼科医生为我做了详细的检查，眼球本身并未发现任何异常。

为此，眼科医生得出结论，确定为所谓的"飞蚊症"。

飞蚊症，即眼睛里面的玻璃晶体发生混浊，视野当中出现线条状阴影在飘浮，就如同蚊子在眼前飞舞，并且随着眼球的转动而移动……许多人或多或少也都有过相同的经历，其中有些是与生俱来的，有些则是随着年龄的增长后天出现的。强烈撞击也可能导致这一症状发生。

那次事故发生时，我的前额猛烈撞击到了汽车的仪表板上。受此影响出现飞蚊症，或许这种解释也并非不合情理。

"医生说，这种病无法治疗……但也不会导致视力恶化，时间一长就会习惯的，不必过多介意。"

从医院回到家，母亲向我转达了眼科医生的见解。母亲当时的表情，似乎是在表明，当今的医疗技术并非万能，又像是在代表医生向我表达歉意。

那时我刚刚上小学，可我并不认为医生的诊断正确——因为眼科医生所说的飞蚊症，和我所见到的东西完全不一样。

刚才说过，我所见到的白色物体，只会出现在人的脖子周围，而眼科医生所说的飞蚊症却不是这样。

如果当时进一步接受精密检查，或许也能够找出问题的真正原因。然而我却表面上接受了眼科医生的意见，并没有提出任何异议。

其中的理由之一是，虽说如此却又不疼不痒，完全没有任何不适的感觉。而且，并非所有场合都一定会出现……这也是我保持沉默的另一个理由。

成年以后，我对这一现象发生的条件才有了一定的感悟。但是在当时，总感觉那似乎只是一时的冲动。那个东西出现时，与天气和周围的环境毫不相干。不出现时，便消失得无影无踪。

顺便说一说，还有一个理由让我对此始终保持沉默——或许这也是最重要的理由，我不希望母亲因此为我担心，更不愿意花费母亲更多的钱财。父亲去世以后，家里立刻没有了收入。母亲从早到晚外出做工，我则不是万不得已，尽量不给母亲带来更多的麻烦……除此之外，小孩子总是显得无忧无虑，觉得这种事情无关紧要，于是也就没更多在意。

可是——事情却变得越发严重。

起初，那只是模模糊糊的一片云雾。随着时间的推移，那虚无缥缈的云雾却奇妙地显得更加清晰起来。

说出来不怕你笑话——老实说，那就好像是一条围巾，缠绕在人的脖子上。


# 二


离开曾经就读过的小学，我打算去看一看曾经和母亲一起居住过的公寓。

说是公寓，可它在当时就已经老旧不堪，或许已经不复存在了……我暗自思忖着，不觉来到了那附近，发现公寓楼早已经荡然无存。

除了曾经住过的公寓楼之外，周围也已焕然一新。从前这里除了几间公寓楼，还聚集了一些杂货商店，现如今这些都不见了踪影。取而代之的，是一座大型的高级公寓。只见那宽阔的门脸，大门上方不知是哪国的文字，还冠以了莫名其妙的大厦名称。

已经过了二十四年……发生如此巨大变化，也实在不足为奇。

城市就好比有机的生命体，伴随着时间的推移，城市本身理所当然也会发生变化。特别是修建了大型的公寓，居住人口会随之增加，周围环境自然也会得到改善，这对地区的发展无疑是一件值得庆幸的事情。

可是——对于那些以此为故乡，曾经在那里生活过的人们来说，难免让人感到一丝惆怅。

我信步而行，不觉来到了儿时玩耍过的一座公园。

公园里依旧如故的氛围，让我感到一时兴奋。可走近一看，不变的只是地形地貌，还有那巨大的树丛。曾经喜欢的旋转滑梯，练习翻转运动的单杠，还有那个和小朋友一上一下玩耍的跷跷板（或许不同地区有不同的叫法），都已经不见了踪影。

给人感觉……似乎不安全的东西必须全部拆除。老实说，公园变得毫无情趣，看不见一个孩子在那里玩耍。当然这并不是唯一的理由。和从前相比少儿人口数量的下降，加上孩子们忙于上私塾学钢琴等等，让孩子们根本没有时间来公园玩耍。

我坐在一张儿时不曾见过的塑料板凳上，准备稍事休息。

一个人坐在冷冷清清的公园里，不禁让我越发感觉到，自己早已远离了故乡。在这座公园里尽情地和小伙伴们追逐，那还是在我八九岁的时候。而现在的自己，年龄已经超过了当时的母亲。人生在世，为了生活疲于奔命，就不得不远离自己的故乡，这也许就是所谓命运的安排吧。

我像一个被人抛弃的孤儿，轻轻地抚摸了一下自己的脖子。手指触到之处，只有衬衫的衣领，和被汗水微微浸湿的肌体。不知为何，我却看不到自己身上的"围巾"——即使能够看到，也只是海市蜃楼一样的幻影，无法用手触摸得到。

　　这时，我不禁想起了自己的母亲。她正在一脸严肃地看着我，不觉让我笑出了声。第一次看到那条"围巾"时，我急于把它抓到手里，却一下子抓住了母亲的后脖颈。

　　接着上面的话题，在我上小学的时候，我就曾经看到过前面提到的像云雾一样的项链。只是不会经常看到，有时时间久了，甚至也会忘记。

　　可是那条云雾编织的项链，变化成为现在这种令人无法想象的样子，则是我和母亲从杉并区搬到 T 街道之后。

　　之所以把家搬到 T 街道，是因为这里住着一位亲戚，同时也是因为母亲要在这里的一家大的医院开始工作。据说是经那位亲戚的介绍，工作条件无可挑剔，甚至在各方面还得到了不少优惠的待遇。

　　我因为失去了原来的一些朋友，心里一时感到难过。可是由于所谓的家庭原因，也只能是无可奈何。孩子跟随父母辗转四方，似乎也是天经地义。

　　尽管如此——跨越陌生，最先适应新的环境的，仍然是孩子。

　　刚刚搬到 T 街道的几天，我的确感到有些拘束。但自从转到一

所新的学校，认识了一些新的朋友，我便迅速地把自己融入到了 T
社会当中。

当时的 T 街道，在地区振兴方面取得了长足的发展。

据说……在那之前这里还是一片杂草丛生，夹杂着一些农田。
1964 年东京奥林匹克运动会以后，东京的人口迅速增长。为了顺应
这一变化，T 街道大力实施土地规划，发展住宅建设。

我和母亲搬到这里时，周围已经建起了不少大型的住宅区，以
火车站为中心还铺设了新的道路。即使是离火车站较远的地方，也在
发生着巨大的变化——曾经长满黄花的空地上，转眼之间建起了一排
排新的住宅；不久前，男孩子们还在捕捉小龙虾的沼泽地，瞬间变成
了一座美丽的公园。在我就读的小学里，每个学期都有像我一样的新
生转来，学生的数量迅速增加。

这里每天都充满了欢乐。生活在那里，我从早到晚忙忙碌碌，从
来不知道疲倦。感谢同学们的陪伴，是他们伴我度过了一段美好的童
年时光。

可是，我的母亲却没有那么快乐。原本性格内向的母亲，为了
适应新的工作环境，着实花费了一些时间。更重要的是，失去父亲给
母亲带来的创伤，并非是一朝一夕就能得到治愈的。

那是小学三年级的一个秋天。

那天，像往常一样，并没有感觉到任何异常。半夜，我突然醒来，

睁开了眼睛。我坐起身，环顾了一下四周，发现母亲不在身边。隔着推拉门，我看到旁边房间里亮着灯光。

——母亲为什么还没有睡觉？

我这样想着，掀开了被子，隔着推拉门的缝隙，悄悄地往隔壁客厅里张望。因为工作关系，母亲上下班的时间总是不能固定（当然还有夜班）。母亲有时晚上睡不着觉，半夜里就一个人起来读书。

那天，母亲独自一人坐在炕桌前，并没有在读书。她似乎在思考着什么，双手支颐，陷入沉思。炕桌上放着一只玻璃杯，杯子里盛着浅茶色的液体，旁边还点缀着一个不曾见过的威士忌酒瓶。

——母亲……她在喝酒！

见此情景，我的心中一阵紧张。母亲从来不一个人喝酒。我惊觉，似乎自己发现了母亲的什么秘密。

如今，我的年龄已经超过了当时的母亲，对于那一夜母亲的心情总算有了一定的理解。

人如果只是为了生存而活着，生活当中必然充满了忧伤，有时也会借酒浇愁。更何况刚刚失去了亲人，母亲怎能不感到寂寞？这时，偶尔让自己沉浸在醉梦之中，又何尝不可呢？

可当时我毕竟还是个孩子——对于母亲的这一举动并不理解，只是感到十分悲伤。

首先说，我并不知道家里会有这种酒。一定是母亲背着我把酒藏了起来，只在感到寂寞的时候才拿出来，一个人借此发泄心中的郁闷。

——我从内心里对母亲感到同情。

想到这里——猛然间，只见一条浅黄色的飘带出现在母亲的脖子周围，在四下无风的房间里哗啦啦地飘荡。

那飘带像是一条丝绸，又像是一条围巾。可如果说是丝绸，质地又是那样的素雅，没有一点花哨，像是一面洗褪了色的旗帜。

"啊，怎么起来了？"

我打开推拉门，打算仔细看一看母亲脖子上的飘带，没想到却惊动了母亲。尽管喝了酒，母亲的脸色看上去并不显得红润，相反在月光的映衬下却是那样的苍白。

"妈妈，为什么在家里还要系着围巾？"

我靠近母亲的身边，打算用手拽住系在母亲脖子上的围巾——可是，我的手非但没有抓住围巾，反而穿过围巾抱住了母亲的脖子。

那个时候的尴尬一幕，让我至今念念不忘。明明就在眼前，却又不能用手抓到，简直让人无法相信。

我又尝试着摸索了几次，依旧无法用手触摸到那条围巾。就像是电影当中的影像，我的手指只能透过那条飘带从空中划过。

"我说真奈美，这到底是怎么一回事？"

看到我的双手在自己的脖子上抓来抓去，母亲皱起了眉头。她用一种奇怪的目光注视着我……仿佛在我的身上发现了什么异常。

"对不起，好像是在做梦。"

"你不要吓唬我！真奈美，我还以为你出了什么事情。"

面对这突如其来的局面，任何一个做母亲的都会这样想。看到自己的孩子三更半夜爬起来，做出这种莫名其妙的举动，任何一个做母亲的都会感到不安。

为了不让母亲担心，我只好说那是在做梦——可在我的内心，同样希望那只是一场梦。

那之后，我辞别母亲，重新回到了自己的床上。就在这时，我再一次看到了缠绕在母亲脖子上的那条浅黄色的围巾。尽管它不再飘荡，但它的确依旧缠绕在母亲的脖子上。

第二天早上，当我再一次见到母亲时，母亲的脖子上已经不见了那条围巾。当然，也没有留下任何痕迹。

——难道说……真的只是一场梦？

对此，我自己也感到莫名其妙。但不可否认的是，那条浅黄色的围巾，在我的头脑当中打下了深刻的烙印。

如果事情就此结束，或许也不会再给母亲带来更多的麻烦——可遗憾的是，自从那个夜晚之后，那条幻影般的围巾，便无数次地出现在我的视野当中。

放学回家，在迎面走来的老大爷的脖子上；去公园玩耍，在小伙伴们的脖子上；超市里，在排队等候结账的家庭主妇的脖子上；甚至在收银员的脖子上……在没有任何预兆的情况下，我总可以看到一条浅黄色的围巾在飘荡。

不必说，在学校也不例外。在同班同学和班主任老师的脖子上，全校大会在老校长的脖子上，也都可以看到那神奇的围巾在飘荡。我甚至觉得，在自己不知情的情况下，脖子上系围巾已经成为学校的一条规定。

同样，那围巾看起来真实存在，却又用手触摸不到。除此之外，就像在母亲脖子上看到的那样，它们有时哗啦啦地飘荡，有时却在劲风中纹丝不动。至于说其中的原因，之后在遇到不二彦君时，我才恍然大悟。可是在当初，我对此完全摸不着头脑。

如此这番——请问，如果你第一次听到这种事情，你会做出怎样的判断？

那个时候，你是一个狂热的太宰治的追捧者，总是会以一种奇特的视角观察这个世界。另一方面，我知道你又是一个讲究科学的人。尽管有时你也会信口开河，可你却表现得非常理智，很少做出越轨的事情。在那些迷信事物面前你会大声地嘲笑，并且毫不留情地将其摒弃。

如此说来，如果我当时对你说出了自己的秘密，你首先会怀疑我的精神出现了问题。这非常容易理解，因为我自己当初也是这样想的。

就在我的眼前无数次地出现那幻觉般的围巾时，我也曾向周围的人打听，是否像我一样也遇到过同样的情形。我曾经婉转地试探对方，也曾经就此直截了当地提出质疑。

结果，除了我以外，没有人表示有过相同的经历。多数人只是摇摇头，说听不懂我在说些什么。还有人干脆绷起脸，说我在戏弄他。更有人直接劝我，"如果真的有这种事情，就应当赶快去医院做检查。"

——为什么只有我一个人能看到这种事情？

当时我年纪虽小，却也绞尽脑汁，结果始终没有能够得到一个满意的答复。我只是直觉地感到……那似乎和以前看到的云雾项链不无关系。或许，是那条云雾项链改变了形状，变成了一条围巾？相反，也许那本来就是一条围巾，只是因为我当时力量单薄（且不知那是一种什么力量），以致把围巾看成了一团云雾？

可无论如何——别人看不到的东西，自己却独见独知，这本身似乎就不是一个好的征兆。

这种现象，不能不让一个年幼的女孩子内心感到恐惧。早知道是这样，当初何必不把事情的真相跟眼科医生说清楚？我为此追悔莫及……再三思考之后，我决定对母亲说出自己的秘密。

"这么重要的事情，为什么不早点儿说出来？"

结果，果然遭到了母亲的严厉训斥——让我万万没有想到的是，母亲因此精神上受到了打击。在我看来，那不过是一条看得见却摸不着的围巾，或许只是自己的幻觉，原本不疼不痒。可在母亲看来，那或许会给我们带来无法挽救的灾难……原本只是不想让母亲担心，可现在却让母亲左右为难，我因此而感到内疚。

母亲再一次带我去看了医生。这一次不是眼科医生，而是精神科医生。在母亲看来，如果只是云雾的项链，或许也可以认为是飞蚊症。但如果是无中生有，把没有的东西硬说成有，那就是精神上出了问题，所以要去看精神科医生。母亲说得似乎也有道理，或许还受到了医院医生的启发。

母亲带着我去了精神科，精神科医生为我做了检查——结果，既没有开出药方，也没有进行特殊的治疗。

医生看我还是个孩子，于是做出判断，说我这样做是想故意为难母亲……医生同时断定，这和我小时候遇到的那场车祸不无关系。说起来，这种见解似乎也有其独到之处。

"真奈美，对不起，让你一个人感到了寂寞。你不必担心，妈妈永远和你在一起……听妈妈的话，以后不要在外人面前提起这件事情。"

一定是听医生说，让一个小孩子感到不安，责任在于母亲……母亲拉着我的两只手，苦苦地哀求道。

听到母亲泪流满面地诉说，哪个孩子会不伤心？看到母亲如此担惊受怕，哪个孩子还敢不听母亲的话？

我当即下定决心，从此以后不再对任何人提起有关围巾的事情。

只要能够让母亲感到安慰，无论什么事情自己都可以忍受。

"您放心，我不会再让您感到失望！"

我同样含着眼泪回答道。听我这样一说，母亲不住地点着头——这时，我看到母亲的脖子上，那条浅黄色的围巾依然在哗啦啦地飘荡。


# 三


离开曾经住过的地方，我决定乘公交车返回火车站。

站在区政府大楼对面的汽车站，看到远处曾经就读的小学（尽管已经改了校名），不由得让我想起了不二彦君。

茫茫人海中，不知道不二彦君现在何方。自从那一次分别之后，就再没有见过面，也不知道他过得怎样？——如今我早已步入中年，不二彦君小我两岁，想必也是不惑之年了。说起来最后一次见面，还是在我二十岁的时候。如今一晃也已经过去了二十五年时间，恐怕彼此都发生了巨大的变化，甚至在大街上迎面相遇，也断然不敢相认。

"白奈美姐姐！你还总是那么绷着脸吗？"

眼前的情景，不禁使我异想天开，耳边仿佛又听到了不二彦君的欢声笑语。每当他这么说，我总是会立刻反驳道："干你什么事？你这个小二彦！"记得以前两个人只要一见面，就会像这样互相顶撞。

第一次见到不二彦君，还是在他上小学三年级的时候。当时他的个子只到我的肩膀，一副瘦小的身材，肩膀上顶着一个大大的脑袋，远不如我给他取的外号"小二彦"那么可爱。加上他说话刻薄，性情暴躁，本应该给他取个更加恶劣的绰号。

但是无疑——从某种意义上说，他却是我的恩人。如果不是在小学五年级的春天和他相识，我至今无法意识到那条围巾的真正意义。

母亲带我去看了精神科医生之后，那条幻觉般的围巾依然没有消失。相反，随着年龄的增长，甚至比起从前有增无减，更加频繁地出现在我的眼前。

——一定是我的大脑出现了问题。

不是开玩笑，当时我的确这样认真地思考过。别人无法看得到的东西，却明显地屡屡出现在自己的眼前，这不能不让我感到忧虑。

回想起来，无论怎样，那时我还是一个淳朴的少女。

即使是现在，我也并不善于交际。在某种程度上，那似乎也是因为受到了幻觉心理的影响。和朋友们在一起，我总是会感觉到胆怯，不知不觉已经比别人晚了半拍。正因为如此，第一次见到不二彦君时，他才会说："我见你总是绷着脸，让人觉得很可怕！"

前面已经说过，第一次见到不二彦君，是在我上小学五年级时的一个春天。

那天，我心情沉重，离开学校一个人走在回家的路上。也就是那一天，正赶上学校开放日，母亲却因为工作无法脱身，没有能够来到学校。

说起来，小孩子到了小学五年级，就不喜欢家长来学校参加活动。并不是因为自己想要独立，实际上，他们一是不想让父母看到自己在学校里微弱的存在感，二是对自己必须故意装得若无其事的样子感到抵触。这个时候父母缺席，对于自己来说再高兴不过——然而小孩子的想法总是会摇摆不定，看到别人家的父母来了，自己家里却没有一个人露面，也会感觉坐立不安……更让人无奈的是，小孩子的心就像是一个充满了气的皮球，蹦蹦跳跳一刻也不得安宁，让人难以捉摸。

平日放学，我总是会和几个同学一起回家，那天却只有我一个人。同学们都和家人在一起，我夹在中间成了讨厌鬼，再说也感觉难为情。为此，我特地选择了一条与往日不同的路线。老实说，我的确感到有些垂头丧气。

从学校到家，通常只有十分钟的路程，可那天我却足足绕了一个大圈子。反正回到家，家里也没有一个人，又没有和同学约好出去玩儿，不如一个人慢慢走，也好散散心。

可是——春天的天空就像小孩子的脸，说变就变。

那天原本天气就不晴朗，我一个人漫步在大街上，不觉之间天空已经乌云密布。潮湿的空气中夹杂着一股腥气，翻卷着漫天的乌云，预示着一场大雨即将来临。

——真倒霉！

我心里琢磨着，却没有打算急着赶路……一副满不在乎的样子。

没过多久，天空吧嗒吧嗒地掉起了雨点。起初雨下得并不大，我依旧毫不在意地在大街上走着。在经过公寓楼附近时，突然下起了阵雨。

我再也撑不住了，就躲进了附近的一座公寓楼内。这里是公共区域，正好躲雨，也不会给附近居民带来不便。

我坐在台阶上，呆呆地望着远处大楼外被雨淋湿的街道。几位父母领着背着书包的小学生，好像是刚刚参加完学校开放日的活动，打着雨伞从门前匆匆走过。或许，他们早就从天气预报中得知今天要下雨？看起来有钱人家就是规矩，衣食住行都安排得一应俱全。

我心里胡思乱想着，不觉感到一阵心灰意冷——就在这时，大雨当中只见一个小男孩儿，手里没打伞冒着雨走了过来。他上身一件长衫下身一条短裤，看上去有些破旧，似乎并非来自富裕家庭。

——啊，围巾！

远远地，我看到一条围巾，在小男孩儿的脖子上剧烈地飘荡。已是四下无风，似乎只有那个男孩儿独自行走在大雨之中。

那个时候，我从来不和不认识的男孩子主动搭话。只见他低着头弯着腰，紧皱着眉头，一个人徘徊在雨中，显得那么的孤独、寂寞——我忍不住坐在公寓楼的台阶上，大声地向他打起了招呼。

"喂！喂！"

记得，我当时的确是这样向他打着招呼。那个男孩儿停下脚步，依旧紧皱着眉头，转过身看了看我。

"为什么只有你一个人？该不是在跟谁赌气吧？"

他用怀疑的目光注视着我，不一会儿大声地回答道：

"我没有生气，你是谁？"

"那么，就过来躲躲雨吧，我正好一个人闷得慌。"

我这样说，你似乎觉得我很随便。可是我要再一次强调，我这个人从来不和不认识的男孩儿搭话。

"不！"

见我没完没了地纠缠，那个男孩儿稍微考虑了一下，回答道。

"为什么不？"

"我见你总是绷着脸，让人觉得很可怕！"

现在回想起来，他这样回答也算是过于大胆，多少让我觉得有些气愤——可是同时，我又有了新的发现。我看到，那个男孩儿的脖子上，依旧系着一条浅黄色的围巾。只是不知道什么时候，那条围巾停止了摆动。

在此之前，这一变化并没有引起我的注意。能够见到这一奇怪的现象已经是非同寻常，为此我还没来得及对它的细微变化给予足够的重视。

就在那一时刻——在我和那个男孩儿打着招呼的那一瞬间，我第一次看到，系在男孩儿脖子上的围巾停止了摆动。这到底是怎么一回事？

"哦。吃块口香糖吧！"

我继续说道。这时，那个男孩儿慢慢地走到了我的跟前。他发梢上滴着水珠，浑身被雨淋湿。我见他可怜，打算给他一块口香糖……没想到那个男孩儿竟然以责难的口吻开口说道：

"小姐姐，怎么能够把口香糖带到学校？"

小学的时候，越是低年级的学生就越傻得可爱，显得有些教条。看起来，他走到我的跟前并不是想要吃口香糖，而是要责备我为什么把口香糖带到学校。

"只要不吃，为什么不可以？"

说着，我打开书包拉链，取出了藏在里面的口香糖，先往自己嘴里放了一块，又拿出一块递给了小男孩儿。男孩儿告诉我自己是三年级的学生。他接过口香糖，并没有马上放进嘴里。只见他环顾了一下四周，迅速地将口香糖放入口中，然后用手捂住嘴，大口大口地嚼了起来。那动作看上去，就像是日光东照宫里的木雕"勿言猴"①。

"今天是学校开放日，为什么只有你一个人？妈妈去了哪里？"

---

① 源自《论语》："非礼勿视，非礼勿听，非礼勿言，非礼勿动。"

听我这么一问，男孩儿赶紧摇着头回答道：

"妈妈早就不在了。"

"啊，原来是这样，实在对不起！"

我道着歉，越发感觉小男孩儿是那样的亲切。

"谢谢你的口香糖！"

雨依然下个不停。小男孩儿道了谢，仍旧用手捂着嘴，转身跑了出去。既然早已经被雨淋湿，似乎也就不在乎这一点儿了。

我目送着男孩儿的背影——他跑出十来步，转过头来冲着我挥了挥手。就在那一瞬间，他脖子上的围巾仿佛融化在雨水当中，顿时不见了踪影。

——这……又是怎么一回事？

这时，我第一次认真地思考起围巾的真正意义。最初，我百思不得其解——然而不久，一个念头突然在我的脑海中闪过，我恍然大悟。

我觉得，那条围巾的出现，似乎预示着它的主人正在陷入寂寞之中。而且，主人越是感到寂寞，那条围巾看上去就越是会剧烈地飘荡。

如果细心观察那个小男孩儿脖子上的围巾，你就会发现这一判断千真万确。

看似被风吹得哗啦啦地飘荡的围巾，当我大声向小男孩儿打起招呼时，它却突然停止了摆动。当两个人放心地嚼起口香糖时，那条围巾又突然不见了踪影。在我看来，那条围巾从男孩儿脖子上消失，必然与那个男孩儿心理上感觉到了安慰有着密切的联系。

第一次看到母亲脖子上的围巾时，也出现了同样的现象。那天夜里，母亲一定也感到了极度的寂寞。正因为如此，系在母亲脖子上的围巾才会不停地飘荡。

——不错……一定是那样！

想到这里，我的心一下子放松了许多。仿佛禁锢着的心扉，猛然间敞开了一扇大门。

也许你已经猜测到，那个小男孩儿就是不二彦君。几天以后，我们在学校里再次相遇，互相介绍了各白的姓名。

那时，我故意开玩笑地说道："看你长得这么小，不如叫你小二彦。"不二彦君似乎对此很不满意。几天后当我们再次见面时，他反过来故意刁难，问我的名字是不是叫"白奈美"。虽然"白奈美"没有任何意义，却是他绞尽脑汁想出的馊主意。

从那以后，只要见面我们就以"小二彦"和"白奈美"互相攻击。时间长了，不知不觉间这反倒成了我们之间的正式称呼。可我毕竟比不二彦君大两岁，他这样无理怎能不让我感到气愤？我告诉他"至少也要叫'姐姐'"。从那以后，他便老老实实地称我为"白奈美姐姐"。

就这样，我和不二彦君开始了长达数年的交往。人与人之间的缘分真是不可思议。或许，同样成长在单亲家庭，让我和不二彦君结下了姐弟般的情感纽带。

为此，我至今仍然会想——如果当初和他在一起生活，那将会是怎样的一种人生？

# 四

乘公交车回到火车站后，我立刻坐上了开往浅草的列车。日头还挂得老高，我想起了你，恨不得插上翅膀一下子飞到浅草。

曾经的 T 车站，如今站台上新增设了电梯和自动扶梯，除此之外和从前没有什么两样，并没有多大变化。想到眼前的情景迟早也会随着车站的高架桥改造而消失，不由得心中又是一阵凄凉。

自从上了高中，又上了短大①，然后是参加工作，直到结婚前我每天都要在这个车站乘车。当时的 T 车站，在东武伊势崎线上仅次于北千住车站，是每天客流量最多的车站。即使如此，这里也只有一个站台，早晚高峰时间站台上拥挤不堪。据说现如今，在不远处又新开通了一条地铁，大大地缓解了交通的压力，也不知道情况如何。

不久，一列开往浅草方向的列车驶进了车站。经停 T 车站的列车共有两列，一列是开往浅草方向的东武伊势崎线，另一列是从北千住连接日比谷线的直通快车。

---

① 短大，短期大学的简称。学制两到三年，培养高等职业技术方面的人才，毕业授予准学士学位。其中 60% 为女校，家政、文学、语言、教育、保健等学科过半数。

时间正值平日午后，车厢里的乘客寥寥无几。

上了车，我却无心坐下，面朝列车行进方向，身子靠在了右侧车门附近的车窗上。我打算隔着车窗，一路欣赏车外的风景。

列车驶出车站几分钟后，远远地一座寺庙那巨大的屋顶映入了我的眼帘。那里是关东地区辟邪驱魔三大法师之一、著名的西新井大师所在寺庙大殿的屋顶——看到那座寺庙，让我回想起人生的第一次约会，忍不住脸上露出一丝微笑。

老实说，那是否就是男女约会，我至今无法断定。当时只是和一名男子去了新年庙会，要说不是约会也未可知。可那毕竟只有两个人，而且一时间还手拉着手，要说是约会也在情理之中。那时的对方，便是不二彦君。

前面说过，我和不二彦君的交往长达数年之久。现在回想起来，那关系的确让人感到奇妙。我和不二彦君并非同班同学，又不在同一个年级，家也不住在同一个街道，可我们却情投意合。在学校或者上学的路上相遇，我们总是会有说不完的话。

这种情况，即使上了初中也丝毫没有改变。在外人看来，我们的确就像是一对亲姐弟。首先说，即使到了今天，我们依旧以"小二彦"和"白奈美姐姐"相称。

虽然这么说，可是我们从来不互通电话，也从未一起出过远门。因为并非是那种关系，所以似乎也理所当然。

一次，在我上中学三年级时的新年——不二彦君突然来到我家，说是要我跟他一起去西新井大师的寺庙赶庙会。那时，不二彦君是我同一所中学一年级的学生。

"我为什么要和你一起去赶庙会？"

我断然拒绝了他的请求。事后想起来，自己都觉得有些过于绝情。因为第二天母亲还要去医院上班，那之前我想和母亲在一起，两个人轻轻松松地过个新年。

"姐姐，不是马上就要考试了吗？为什么不去庙里拜一拜，祈求考试及格？"

"这个嘛，早晚都来得及。"

即使如此，也没有必要和不二彦君一起去。

"一起去吧！我请你吃好吃的。"

我看他是拿了压岁钱，反倒在我面前充起大方来了。作为大姐姐，我必须告诉他不能胡乱花钱。

"听我说，小二彦……"

我待要往下说，猛然间看到他的脖子上出现了一条围巾。那围巾静静地飘荡着，轻轻地从不二彦君的脸上擦过，显得有些不知所措。无疑，不二彦君自己并没有察觉，也没有感觉到任何的不适。

——啊！出了什么事情？

看到那条围巾，我似乎有所感悟。

眼前的不二彦君，表面看上去似乎比以往显得更加欢快，可从他那张笑脸中不难看出，新年伊始，一定是因为家中的事情感到寂寞，所以才来到了我家。

"那么……你要是请我吃炸面团，我就跟你一起去。"

我不由自主地回答道。

是的！那条围巾，只有我能够看到它的存在，它是"寂寞的象征"。

一旦领悟到了它的存在，你就可以感觉到，这个世界上充满了寂寞。自己的母亲、学校的同学、老师、周围的邻居——我不止一次地看到那条围巾在他们中间飘荡。其中，也包括不二彦君。

不二彦君的家里没有母亲，只有父子二人。和我的父亲不一样，他的母亲并没有去世，而是因为忍受不了父亲的暴力离家出走。母亲离开时带走了幼小的弟弟和妹妹，却不知为何只留下了不二彦君一个人。

详细情况我也不很了解，别人家的事情我也不好太多过问。只是，当我看到不二彦君脖子上飘荡的围巾时，我无法对此置之不理。看不见也就罢了，既然看见了就不可能视而不见。

结果，我还是和不二彦君一起去西新井大师的寺庙赶了庙会。

到底是远近闻名的古寺，前来参拜的人群络绎不绝，寺庙里挤得水泄不通。在经过狭窄的通道时，两个人的胳膊不自觉地挽在了一起。随后，两只手臂慢慢地自然下垂，最终两个手掌都不约而同地握住了对方——那时，不知为何，两个人都保持着沉默。现在回想起来，那似乎又显得有些滑稽。


从 T 车站到浅草只需要三十分钟的时间，如果中途转乘快车，到达时间还可以缩短。

可是，我却选择了经停各站的慢车，打算好好欣赏一下沿途风景。说起来，这条线路中途也没有几站，似乎并不适合匆匆赶路。

我经常乘坐这趟列车出行，是在决定去位于吾妻桥附近的咖啡店"小男孩儿"打工之后。在此之前，我几乎每天都要乘坐连接日比谷线的直通快车去上野方向。

或许你也知道，我之所以能够在"小男孩儿"打工，是因为那里的老板娘和我的母亲是好朋友。我和你认识是在上短大期间，实际上自从上了高中，我就经常在那里帮忙。

记得第一次去那里打工，是在五月份，我上高中二年级的时候。

起初只是想挣点儿零花钱，母亲见我翻阅招聘广告，便向我介绍了那家咖啡店。到底是母亲，想到我一个未成年人去不知根底的地方打工，总会感到不安。看上去母亲似乎对我过分宠爱，可这样既可以打工又不会耽误学业，最终还是要感谢她。

母亲立即来到那家咖啡店，和店主人商量后，我便在学校的休息日，从上午到傍晚前后，开始在那家咖啡店里打起了零工。报酬算是一般，但能够满足我的要求——允许我考试前在家复习功课，这也算是种优待了。

话说回来——我坐在列车上遥望窗外，往事一幕幕地从眼前划过。

那些早已被遗忘了的旧情，伴随着车轮的轰鸣声和窗外疾驶而过的风景，又都重新浮现在我的脑海之中。曾经的幸福与欢乐、寂寞与哀愁唤醒了我的记忆，我的心情变得越发沉重——那里的一砖一瓦一草一木，仿佛被赋予了鲜活的生命，无不面对着自己诉说起岁月的沧桑。

列车在经过钟之渊车站时，更让我想起曾经竖立在那里的一块巨大的木牌。

你一定也记得那块木牌——那块可怕的木牌，上面用硕大的文字写着"我的女儿被杀害了"。

自从去"小男孩儿"打工以来，每当隔着车窗看到那块木牌，都会让我的心灵发出颤抖。这种耸人听闻的东西，公然竖立在路旁人家的屋顶上，怎能不令人为之震惊？

那块木牌，从某种意义上说让我至今难忘。

牌子的上半部，硕大的文字写着"我的女儿被杀害了"——下半部则用较小的文字，记录着一段谴责一家著名电器公司不当行为的文字。最初我并不知道那是怎么一回事，看多了才弄清楚上面的内容。似乎那家的女儿在这家公司工作，最终死于"过劳死"。

弄清楚那块牌子的真实目的后，不禁让我倒吸了一口凉气。

那位失去女儿的父亲，悲痛之余在自己家屋顶上竖起一块木牌，目的是让车上的人也能够看到它，让全社会的人都知道这一悲惨的事实。

之所以使用这一极端手段，或许是因为他无法就女儿的死追究公司的责任。当时"过劳死"这一概念并不被社会所接受，要想认定公司的责任，即使现在仍然需要履行大量的法律程序。

如今，我已经无法回忆起那个屋顶在铁路沿线上的准确位置。毫无疑问，在相当长的一段期间内，那块木牌始终竖立在那个屋顶上。

那块木牌最终被拆除，大约是在我短大毕业，进入位于浅草的一家贸易公司工作之后（那时我愚昧无知，为了尽量离你近一些，特地选择了一家在浅草设有办事处的公司，为此还让你感到为难）。我已经记不得准确的时间，一天，我看到牌子上的木板被拆除，屋顶上只留下一副铁架子。

看到这一情景，我不禁担心起木牌被拆除的原因。

或许是那位父亲的诉求得到了认可，企业方面答应道歉并给予一定的赔偿？抑或是企业方面对此提出反驳（如果无法证明自己的女儿是"过劳死"，则只能被认为是对公司的诽谤），并将牌子强行拆除？

我迫不及待地想要知道木牌被拆除的理由，宁可中途下车也要问出个究竟，可我却没有这样做。

几天之后，一个偶然的机会，我无意中了解到了事实的真相。

我看到在那个残存的铁架子上，缠绕着一条长长的浅黄色围巾，像一面巨大的旗帜迎风飘荡。

——难道说，也会有这种事情？

隔着列车的车窗，眼前的一幕让我目瞪口呆。我万万没有想到，本以为只会在人的脖子上才可以看到的幻觉，竟然也会以这种形式出现。

与此同时，我还感觉到那旗帜一般飘荡的围巾的主人，正独自忍受着寂寞的煎熬。我因此而感到窒息。

或许你也知道——那随风飘荡的围巾，代表着人们内心的"寂寞"。往日的悲哀、愤怒、嫉妒乃至自暴自弃，它们与寂寞同属于人类的情感，却有着本质的不同。

在我看来，寂寞与人的生命形影相随。人的生命固然宝贵，却永远也无法摆脱寂寞的困扰。

悲哀迟早会得到治愈，愤怒也会得到平息。变换个视角，嫉妒也可以成为动力，而自暴自弃想一想或许只是个笑料。

寂寞却无法治愈，也无法自然平息。换个角度，寂寞依旧如影随形。即便是改变了思维，寂寞仍然难以消失。

寂寞永远是寂寞——只要生命存在，寂寞就会一路相随，一生相伴。

系在铁架子上的围巾依然在随风飘荡。可是，就在我为你感到忧伤的那一时刻，那条围巾却和铁架子一起永远地不知了去向。

或许，因此而感到寂寞的主人也已经不复存在了？——对此我更是不得而知。

# 五

不久，列车到达终点站浅草站。我随着人流走出了车站。

就在几周之前，我也曾经来到过这里。可每次来到这里，总会让我感觉到内心的忧伤。

我不知道——从前的我，为什么要对你如痴如醉。

我百思不得其解，为此我完全接受了所谓"恋爱石头剪子布"的理论。

这一看似古怪的理论，是我上短大时，在"小男孩儿"一起打工的祥子小姐（就是那个身形优美，戴着一副眼镜的女子，你还记得吗？）提出的。听了她的讲解，我简直对她的理论心服首肯。

祥子小姐的这一理论认为，每一个生活在社会上的人，都在手里攥着几张绘有石头剪子布的猜拳卡片，准备用于不同的场合。通常情况下，不同的人会有不同的偏好。尤其是在爱情方面，多数人更是只掌握着三种卡片当中的一种。男女相遇，他们会亮出手中的卡片，无意之中决定出胜负——如果你亮出的卡片是剪刀，而对方的是石头，这时你就会发现，眼前的这个人"永远无法战胜"。

按照这一说法，似乎我的卡片就是剪子，而你的卡片是石头。在我看来，你的一切都那么美好，说话办事总是那么得体。

"所以我说，我就不知道你看上了他哪一点。在我看来，他不过是个极其普通的人。"

祥子小姐不愧是学理科的大学生，说出话来逻辑严谨，似乎也蛮有道理。首先说，她觉得你总是在故作姿态，不过是个俗不可耐的公子哥儿。

"不瞒你说，我真不知道你对他如此走火入魔，究竟是为了什么呀？我觉得，上次来的那个梳飞机头的人，不知道要比他好上多少倍。"

梳飞机头的人，是指不二彦君。他得知我在浅草的"小男孩儿"咖啡店打工，特意从电话簿中查出地址，到店里来看望我。顺便说一说，原本身材矮小的不二彦君，高三的时候个头猛长，来到店里时比我还高出了一头。加上那个飞机头的发型，虽然看上去并不相称，却显得高大了不少。

不二彦君上中学时，曾经有一段时间变得很颓废。他经常夜不归宿，有时和一伙人聚集在咖啡厅，有时无证驾驶着摩托车在大街上闲逛，成了一名十足的不良少年。不是我说，他之所以堕落到这种地步，离不开家庭环境的影响。

当时我还在上高中，有一次，夜晚遇到不二彦君和一伙人在公园里闲逛。看到他们那不三不四的样子，我二话没说转身离开了公园——事后不二彦君埋怨，我对他态度冷淡。

"白奈美姐姐对我如此冷淡，让我心里十分难过……我下决心从此不再和那些人交往。"

几天以后，不二彦君特意来到我家，对我这样说道。

我认为自己并没有对他冷淡，可不二彦君从此和那些人断绝了交往，我自然是乐见其成。

现在回想起来，有关我们之间的关系，也不知道不二彦君是怎么想的。或许依然像姐弟一样？可为什么又要查出地址，特意到店里来看我？……这不能不让我感到蹊跷。

但不论不二彦君怎么想，我却永远无法给他一个满意的答复。因为无论怎样，我都不能让你失望。

为此，当不二彦君再次来到"小男孩儿"时，我便对他说，以后不要再来找我了。

"你说什么？我是客人呀！"

不二彦君大声地回答道，语气显得十分坚定——这时，我看到他的脖子上，一条围巾在缓缓地飘荡。我装作没有看见，转过头在他耳边小声地说道，我已经有男朋友了。

"啊，原来如此！对不起，那我就不打扰了。"

听我这么一说，不二彦君故意爽朗地笑了笑，站起身离开了，从此再也没有来过。

望着不二彦君离去的背影，我不禁心生愧疚——那时，或许在我的脖子上也有一条围巾，在哗啦啦地飘荡。

毋庸置疑，那时我的心里早已有了你。是你点燃了我青春的火花，让我无所畏惧。像这样，一门心思地只想着一个人，对于我来说，恐怕一生当中只有一次。

或许我的猜拳卡片的确是剪刀，而你的那一张的确是石头——我对你一见倾心。当你坐在那里喝着咖啡读书时，不知有多少次我都想要走上前去，为你端上一杯热茶。

你说过，你是一家位于东京驹形的大型酒铺老板的儿子，可是你却不愿意继承家业，想成为一名编辑，至少也是书店的老板。你还说过，父亲执意要你继承家业，迫于无奈你只好在家里帮助父亲打理店铺。

"我努力帮助父亲打理好店铺……却不时地感到心中郁闷。每当这时，我就一个人散步到这里喝上一杯咖啡。"

记得你曾经对我这样说过。

"小男孩儿"位于业平桥站附近，距驹形町颇有些距离，也许正好适合散步。中途还要跨越隅田川，似乎也是消愁解闷的理想去处。

正因如此，你便不可能每天光临。最多隔一天来一次，有时甚至三四天也不露一次面。只要来到店里，你必定点上一杯浓香的摩卡咖啡，读起书来一坐就是一个多小时。

每次你的到来，都会让我感到异常兴奋。

我知道，你最喜欢坐在桌子上摆着小小的罗丹雕像、紧靠在墙边的那个座位。恰好收银台正对着那里，于是只要你在，我就始终守在收银台前不肯离去。我暗中窥视着你，端详着你那亲切的脸庞。

你不时地合上书，像是陷入沉思。这时，你的脖子上一定会出现一条浅黄色的围巾，静静地飘荡。

——啊，你也会感到寂寞！

想到这里，我禁不住热泪盈眶。如果你不介意，我愿意倾听你的诉说。

可是，你却对那些烦恼只字不提，只是环顾一下四周，轻轻地发出一声叹息，随即重新回到阅读的世界中去了。

就在那同一时期，我也认真地研究起——太宰治。

或许有一天，也会和你在一起谈论起太宰治，为此我潜心阅读。只是除了少数作品以外，太宰治的大多数文章很难读懂。我觉得，或许太宰治对幸福感到了厌倦，抑或他只是一个变幻无穷的魔术师，总之我所得出的结论大都显得不着边际。我觉得，我和你完全不是同一类人，这让我感到十分忧伤。

随着感情的加深，我开始变得没有自信，恨不得敞开心扉在你面前倾诉衷肠，以求尽快摆脱单相思带来的痛苦。我苦苦地煎熬着，觉得自己正在陷入一个爱情的漩涡，不能自拔。

我不知道，如果那时对你说出了自己的心里话，能否得到你的理解。

老实说，我曾经自我陶醉，并且对此抱着很大的希望。

你总是对我关心备至。记得有一次过生日，你送给我一个精美的笔记本，我因此看到了希望，于是更加锲而不舍，盼望着有一天能够梦想成真。

这期间，不二彦君永远地离开了 T 街道，而我却对此一无所知。要不是在北千住车站站台上的一次偶然相遇，我或许永远也不可能再见到他。

那是在我短大即将毕业的前夕。

那天正好是星期六，我从上午开始要去"小男孩儿"打工。记不得发生了什么事情。那天我很晚才离开家，为此我不得不尽快赶路。

"白奈美姐姐！"

我打算在北千住车站换乘东武线列车，嘈杂的人流当中忽然听到有人在叫我的名字。我回过头，看到了不二彦君。只见他一身崭新的西装，一副小职员的打扮，满面春风地站立在我的身后。我们已经好久没有见面了。

"原来是你！怎么一副七五三①的打扮？"我像往常一样不客气地开口问道。

不二彦君正了正衣领，挺着胸回答道：

"我已经决定去名古屋，哦，也没来得及打个招呼，刚才还在想着这事儿……没想到在这里遇见了你。"

"去名古屋？这到底是怎么一回事？"

因为之前没有得到任何消息，我不由得一阵惊讶。

"没什么，是去工作，家也要搬到那里去。"

"你说什么？怎么这么突然？"

我本打算问个究竟，又怕耽误了打工的时间。这时一辆开往浅草的列车驶进了车站，我只好上了车，站在车门附近继续和他打着招呼。

"以后再来看你，你要多保重！"

"喂！你真的要走吗？"

"我会给你写信的！"

我们答非所问，就此匆匆忙忙地分了手。就在车门即将关闭的那一瞬间，不二彦君冲着我笑着说道：

---

① 指日本小孩子三岁、五岁、七岁时的庆祝仪式。

"我永远爱着你，白奈美姐姐！"

说完，不知为何又像第一次见面时那样，用手捂住嘴摆出了一副"勿言猴"的姿势。这时，车门关闭，我已经无法回应他了。

不久，列车开始缓缓地驶出站台。不二彦君伸出手臂，用力地向我挥动着双手——与此同时，我看到不二彦君脖子上出现了一条浅黄色的围巾，伴随着频频挥舞的手臂，哗啦啦地飘荡。那情景让我终生难忘。

从那以后，我再也没有见到过不二彦君。

他说给我写信，可是我却没有接到过一封来自那个小二彦的信件。或许我们之间的缘分已尽，从此各奔他乡。

那之后不久，我的另一段爱情也随之结束。

随着短期大学即将毕业，我决定辞去在"小男孩儿"打工的工作。这倒并非出于我的本意，在我看来，毕业后找一份正式的工作，让母亲不再为我操心，是我作为女儿的义务。

我曾经下决心给你写过一封信。你没有回复，却答应傍晚和我一起在隅田川畔散步。那时你婉转地告诉我，你已经另有女友。

多么炽热的爱情也会在瞬间破灭。曾经为你朝思暮想的幸福时光，竟然如此匆忙地从我的生命中穿梭而过。

现在，我就站在我们从前走过的那个地方——从这里看对岸的晴空塔高耸入云，景色十分壮观。想到"小男孩儿"咖啡店就在旁边，我不禁感到一阵凄凉，晴空塔仿佛成了我爱情的坟墓。和我曾经就读过的小学一样，业平桥车站也改名为"东京晴空塔站"，这无疑令我的心情变得更加复杂。

即使如此，我的爱情依然美好。尽管最终以失败告终，但在我的心中，它却是青春留给我的巨大财富。

我们已经没有必要再次相见。

几周前，得知"小男孩儿"咖啡店的老板不幸去世，我作为生前好友前去参加葬礼——让我万万没有想到的是，你竟然也来到了现场。

不觉已经过去了二十多年的时光，可你却依然如故，我一眼就认出了你。虽然上了年纪，可你那慈祥的面孔和从前一样从容。

那时，我们只交换了各自的邮箱地址便匆匆分离。其后，我们也曾在一起共进午餐，那一天恰好是上周的今天。

我们在一起谈论起各自的家庭，可我的心却始终没有动摇。相反，你在喝了酒后，说起自己"最近总是感到寂寞"，还不时地为此落下了几滴眼泪——可是，和你的话相悖，我看到系在你脖子上的那条围巾始终没有飘荡。

或许你说的是真心话。可通常男人在女人面前说"寂寞"，那寂寞本身会瞬间消失。

我猜，你已然变得成熟，还学会了玩爱情游戏——于是，我真正感到了失望。你可以在一个曾经对你如此敬重的女人面前想入非非，却不知自己能对眼前的这个老太婆有什么期待。从前的你，已经不复存在。

　　恕我直言，请你对我以往的那份单相思表达你的敬意！尽管不情愿，可你必须承认，在那些日子里，我曾经认真地爱着你！我曾经日夜思念，只是为了能够见上你一面。我是认真的，请你不要玩弄一个天生迟钝的女人的感情。

　　我的爱情，伴随着岁月的流逝，早已静静地沉睡在那巨大的电波塔的脚下。

　　如果还会有人像我一样能够看到人世间寂寞的象征，那么他一定可以看到，在那座高大的铁塔顶端，一条长长的浅黄色围巾，正迎着夕阳哗啦啦地飘荡。

　　这里，我想借助你曾经读过的太宰治作品中的一句话，作为这封信的结束——你是否知道，我，会出现在哪里？希望，永远不再相见。

# 了不起的小英子

让我说一说小英子的故事吧。

小英子既不是什么名人，也没有在人类历史上留下什么丰功伟绩。她，只是生长在一个寻常百姓家庭里的一位名不见经传的女子。

她从小就被人叫作"小英子"（Pokotan）。也许大家都觉得这是对她本名"奈保子"（Naoko）的一种爱称，却不知道关于这个称呼其实还有另一种解释。

说起来，小英子三岁开始上幼儿园，据说当初被分在了"蒲公英（Tanpopo）班"。可就是这个"蒲公英班"，让三岁的小女孩儿念起来，就变成了"英英（Tanpoko）班"。而"英英班"颠倒后就变得"耐人寻味"起来①，这引起了周围大人们的极大兴趣，经常用来取乐逗趣。就这样一传十十传百，最终"小英子"竟成了奈保子的爱称。

---

① 在日语中，"英英"（Tanpoko）颠倒后跟与性别相关的词语谐音。

究竟"小英子"的名字出自何处，其实并不重要——只是除了"小英子"，恐怕再没有别的爱称更适合她的了。既可爱，又显得傻乎乎的，听起来不由得让人发笑，简直与她的性格再贴切不过了。


一


在小英子的回忆当中，有一个父亲曾经跪倒在自己面前的场景。

小英子的父亲是一位具有非凡才能的柔道家，曾经名噪一时，据说曾是奥运会的候选选手。遗憾的是，他在参加选拔赛的前夕摔坏了膝盖，最终无缘登上荣誉的宝座。尽管如此，天才毕竟是天才，论实力有证书为凭，无疑是当时全国屈指可数的高手之一。

小英子作为柔道家北冈启二和妻子泰子的第一个孩子，就这样降临到了这个世界上。

她出生时体重足有 4.6 公斤，属于超大婴儿。之后，在父母的精心呵护下，没有生过什么重病，一直茁壮成长着。似乎受到了乐天派母亲的影响，小英子从小性格开朗，一天到晚嘴里乐个不停。

小英子出生在父亲的老家千叶县。在她四岁那年，父亲到东京都一所高中担任体育教师，全家也随之搬到了城里。在小英子的记忆里，父亲给自己下跪就发生在这一时期。

无奈小英子当时年幼，事情的来龙去脉在记忆中已经模糊了，只记得事情就发生在东京自己的家中。还隐约记得父亲当时似乎喝了酒，醉醺醺的。总之，一个巨大的躯体一下子缩成了一个团儿，深深地跪倒在年幼的小英子面前。

尽管父亲是跪在榻榻米上的，但究竟是什么事情能让父亲向自己幼小的孩子下跪呢，让人难以想象。只是小英子仍然记得，父亲当时一脸严肃地对自己说：

"都是爸爸不好，不，都是爸爸的家族遗传不好。怎么就没能多像妈妈一些呢？……奈保子必定一生都要为此烦恼了。你也许会恨爸爸，爸爸只好求你原谅。"

父亲究竟为了什么向女儿道歉？——按照父亲的说法，恐怕是嫌自己心爱的女儿，无论是相貌还是体型，都长得太像自己了。

小英子的父亲出生于昭和初期 ①，身高超过一米八，在同年代男子当中属于少有的彪形大汉。体格壮实，粗壮有力。宽厚的胸肌，坚实的臂膀，看上去天生一副格斗士的样子。

除此之外，他方脸宽额，细长的眼睛里射出两道锐利的目光。雕刻般的脸庞正中央，盘坐着一个硕大的蒜头鼻子。一张咧到耳边的大嘴，嘴角略微下垂，显得有些玩世不恭，又散发着一种无形的威严。正因如此，他年轻的时候人送外号"广目天王"和"平家蟹"②。自从当

---

① 昭和元年为公元 1925 年。

② 平家蟹：日本平家蟹，又称武士蟹、关公蟹，背部斑纹酷似武士的面孔。

上了高中体育老师，学生们在背地里称他那张脸是来自南洋的"诅咒面具"。把这三个绰号的特征恰当地整合在一起取个平均，大致可以如实地反映出北冈启二的真实相貌。

很明显，那并非当今人们所说的"男神"的长相——不过，北冈启二本人对自己的条件也有一定的认知，可能早已放弃了对这方面的任何期望。

柔道场上之所以能够完胜对手，十有八九也是因为对方被自己这张吓人的脸庞所震慑。

尽管如此，幸运的是，他娶了一位美貌的妻子，可以算是正负相抵了吧。

可让北冈启二万万没有想到的是，自己的这样一副相貌，竟然不折不扣地遗传给女儿。为此，他不能不从内心对女儿感到深深的愧疚。

要知道，女人更喜欢以貌取人，她们对于美丑的反应远比男人敏感。有时，仅凭相貌就可以决定一个女人的终身。在男人看来，长相不过是识别不同人的标记（诚然，相貌端正就再好不过了）。但在女人的世界里，相互之间品头论足乃是她们的天性。

可怜天下父母心……哪个父母不希望自己的女儿如花似玉？只是遗传基因却从不以人的意志为转移。

那天，小英子的父亲一定是喝了酒，有些醉了。想到自己心爱的女儿今后将要面对怎样艰难的人生，北冈启二忍不住一阵心酸，以致"扑通"一声跪倒在了女儿的面前。

说起来，一个女孩子丑得连自己的父亲都想要向其谢罪，可想而知那会是怎样的一种情形——无疑，这对于当时的小英子却是根本无法理解的。

之所以如此，很大程度上也得益于性格开朗的母亲泰子的影响。

正如前文所说，泰子生来心胸开阔，是个天生的乐天派。而且极其富有爱心，对自己的女儿更是疼爱有加，从来都是以积极的态度对女儿给予肯定。在母亲泰子的眼里，女儿的一切都是那样的完美，简直就像一块白玉无瑕。

因此，小英子从来也没有觉得自己长得不可爱……甚至还觉得自己得到了所有人的喜爱。

现实当中，哪个人家的孩子小的时候不都长得一副洋娃娃的面孔？仅此便足以得到大人们的心欢。只有那些满脑子灌了糨糊的人，才会把人间世俗的丑陋观念强加在一个不懂事的孩子身上。持有这种观念的人，本身就很难将自己融入社会大家庭当中。然而这些都是后话，与本文暂且无关。

话说回来——也正是因此，小英子无忧无虑地度过了一段幸福的儿童时光。

对于一个小孩子来说，只要有一双痴醉一般（或许根本就是白痴）疼爱着自己的父母，其他的一切也就不那么重要了。即便有时也对别人家的孩子有些羡慕嫉妒的感情，无非就是因为看上了人家手里拿着的玩具，偶尔发几句牢骚："真羡慕啊，人家爸爸妈妈还给买玩具。"仅此而已。这倒并不会给父母带来什么负担。面对孩子提出的要求，做父母的或者直接给予满足，或者回上一句"别人家是别人家，我们家是我们家"，通常处理起来并不怎么困难。

北冈家的当家人是一名高中教师，家庭经济并没有富裕到对于孩子提出的要求做到有求必应。更何况，如果事事没有个节制，也无法给孩子做出良好的示范。

于是，北冈家理所当然选择了"回上一句了事"的做法。可身为母亲的泰子性格中却带有几分幽默感，即使是用同样的话搪塞女儿，也往往用耐心的口吻哄女儿。她用春分时说祝福语"鬼——是——外面的，福——是——家里的"那样的悠长语调，对孩子说："别人家——是——别人家，我们家——是——我们家。"年幼的小英子一听到妈妈这样说就咯咯地笑个不停，常常连自己原本缠着妈妈要的东西都忘了。

就这样，在父母的悉心呵护下，小英子一天天长大，不久便上了小学。她既聪明又活泼，整天充满了欢乐。和小伙伴们在一起玩耍，她从来不知疲倦。小伙伴们也对小英子喜爱有加，这更让小英子兴奋不已。

不过，她有时也会被高年级的坏小子们骂，比如，"瞧你这副长相，简直就是神社里的石狮子。"可小英子当时听不出那到底是对自己的称赞夸奖，还是对自己的恶意中伤。

"那石狮子要是眯缝起眼睛，就和你这家伙长得一模一样！"

小英子知道，他们说的是神社门前摆放着的那一对狛犬，但她并没有因此而沮丧。既然被摆放在神社里，就一定受到了神的宠爱，那又有什么不好的呢？

小英子心里是这么想的，嘴上也是这么跟他们说的。那些坏小子只好苦笑着，你看看我，我看看你。

"对对，我们并没有说你坏话，只是在夸你长得漂亮呀！"

或许是因为害怕惹火了大人，那些坏小子只好苦笑着跑开了。的确，如果本人都不以为然，坏话也就不能称之为坏话了。

然而好景不长，大约到了小学二年级，小英子开始觉得……自己总是会受到与身边的其他女孩子不一样的待遇。

随便举一个例子，一天，小英子来到了附近的一家干货店。

店老板是这一带有名的倔老头。可即便如此，遇上小学生来买东西，店主人也会给少算上几个钱，或者多给几块糖果。

那天，小英子到这家干货店买东西，恰好遇上同一所小学的一个六年级女孩子，她也在干货店买东西。只见那个女孩儿长长的头发，一副大姐姐的模样——干货店的老板对她很是喜欢，不但给她少算了钱，还抓起一把糖果放在了她的手里。

"替妈妈来买东西，真是了不起。这是给你的！"

只见那老板抓住女孩儿的一只手，轻轻地在手背上抚摸了几下，随手把糖塞进了女孩儿的手中，那一系列动作看上去可以说有点令人作呕。见此情形，小英子立刻想到，自己或许也可以同样得到几块糖。

可是，她的期待彻底落了空。店主人不但没有给她少算钱，就连五分零钱都算得清清楚楚。

"老爷爷，我也替妈妈来买东西，也很了不起，您能也给我几块糖吗？"

听小英子这么一说，干货店老板立刻绷起了脸，冲着小英子说道：

"我的糖可不是随便什么人都给的！要看我高不高兴。"

说着，店老板勉强拿出一颗糖，递到了小英子面前。小英子接过来，心里很不是滋味儿——同样是小孩儿，为什么我就不能享受到同等待遇？

当然，干货店的老板既不是学者，也不是什么教育家，说起来他给不给小孩子糖果，似乎也无可厚非。可是，当着两个孩子的面这样拉一个打一个，至少内心也应该会感到愧疚吧。说到这里不禁又让人想到……正是这种人的存在而让社会变得越来越糟。

那之后，小英子还算无忧无虑地度过了一段幼年时光——可是随着与外界接触的进一步加深，特别是伴随着她自我意识的萌生，很遗憾，现实生活让小英子逐渐感知到了生存的艰难。

要知道，小孩子对于周围事物的反应往往比较敏感。那些说什么"小孩子就像是长了毛的猴子，根本没有头脑"的人，他们恐怕是忘记了自己的幼年时期是怎样度过的了吧。

小孩子还没有形成明确的价值观。因此，他们会拼命地从周围的大人那里吸取更多的知识。如何才能赢得大人的欢心，怎样做才不会惹得大人生气，此类种种，他们会有意识地体会、模仿大人的世界。

至于"自我意识"的形成嘛，同样也是如此。

小孩子对于别人是否喜欢自己是非常敏感的，他们会努力试图通过对方的表情或者眼神来确认。只要有了爱，他们就会感觉到"全身温暖"，似乎活在这个世界上就有了依靠，也不会感到自卑。在此基础上建立起来的"自我"，是不会被轻易动摇的。

小英子受到父母的宠爱，一家人其乐融融，原本相安无事。要说有什么不合适的地方，其一是父亲动辄就会亲亲小英子的脸蛋，其二是母亲会当着众人的面毫无顾忌地称女儿是"妈妈的小天使"。在这方面，不同的家庭有着各自不同的习惯，在此不妄加评论。

然而令人难过的是，社会上的人们对小英子却显得十分冷淡。岂止是冷淡，有时哪怕她付出了努力，都会莫名其妙地招来人们的冷嘲热讽。更有人故意拿她的弱点借题发挥，并以此取乐。

将上述事实如实传递给小英子的，是她同一个柔道队中比自己高一年级的少年。

他的名字叫坚田露美雄。露美雄①的父亲是个多愁善感的人，所以给自己的儿子取了这么一个令人伤感的名字。名字来源自罗密欧·蒙太古，这着实让可怜的露美雄有些名不副实。他天生长着一副喜兴的脸蛋儿，自然下垂的眉毛和眼角呈四点四十分角度。因此，不论多么严肃的场合，露美雄看上去总是那么含情脉脉。如果他一个人躲在晒台下面，也许会被认为是个性格怪异的变态狂。

或许露美雄对自己的这副长相也感到自卑？之所以这么说，那是因为他对美丑表现得异常敏感，动辄就会在人面前谈论起某某长相如何如何。

那段时间，小英子恰好在临近街道的一家柔道教室学习柔道。

说起学习柔道，那并非父亲的意愿。小学三年级时，是小英子自告奋勇立志要学习柔道的。

众所周知，小英子自幼受到父母的宠爱。因此，她非常喜欢自己的父母，以至做任何事情都要模仿父母的样子。母亲喜欢做菜，小英子便学着帮忙；父亲对柔道情有独钟，小英子便对柔道的世界产生

---

① 日语发音"罗密欧"。

了浓厚的兴趣。

"我也想学习柔道。"

第一次听到从女儿嘴里说出这种话，父亲启二感到无比激动，他把自己关在了厕所里，坐在马桶上老泪纵横。可是与此同时，启二也感到了一丝不安。

曾经，处于成长期的自己，一度也迷恋上了柔道，结果整个体形都随之发生了变化。练柔道并不是什么坏事，可他就怕女儿迟早会因此而感到后悔……在父亲启二看来，女儿尚未形成自己的价值观，这个时候最好还是不鼓励她学习柔道的好。

可是若抛开一个父亲的立场，作为一名柔道家，启二又想看看女儿究竟能够练到何种水平。论体格，女儿无可挑剔，同时继承了自己的天分，天生具有柔道家的特质。在此基础之上，如果从小就开始练习基本功，到头来或许也能够成大器——想到这里，启二恨不能立刻就看到女儿身穿柔道服戎装上阵的英姿。同时，自己未能如愿以偿的"奥林匹克"，也瞬间从启二的头脑中闪过。

最终，启二抵不过内心的诱惑，决定同意自己的女儿去学习柔道。

柔道教室的指导老师，是启二的一个晚辈。启二再三嘱咐，要和其他孩子一视同仁，不必特殊对待。

到底是遗传了父亲的基因，小英子小学三年级开春入道，在一

了不起的小英子　**59**

年以后的四年级时，便一举取得了关东地区少年柔道比赛四年级组第二名的好成绩。

且不说父亲启二因此而惊喜若狂，就在这时，露美雄却出现在了小英子眼前。

"一个女孩子，柔道比赛拿了奖牌，有什么意思？"

露美雄和小英子本不是同一所小学的同学。自从那次比赛结束之后，两个人只要在柔道教室相遇，露美雄就会拿这话刺激小英子。露美雄从小学二年级开始，就和小英子在同一间柔道教室学习。对于比自己晚入道的小英子后来居上，露美雄似乎有些耿耿于怀。

"怎么没有意思？学会了柔道，自己保护自己，总不是一件坏事吧！"

听小英子这么一说，耷拉着眼角的露美雄总是会煞有其事地反驳道：

"像你这么丑的女人，谁会来惹你？光着屁股走在大街上，也不会有人多看你一眼。"

"我可不觉得自己丑。"

"咦！难道你不知道自己长得有多丑吗？我现在告诉你，你长得又胖又丑。哦，如果你脱了衣服走在大街上，人家还以为你是相扑运动员呢，哈哈！"

"你说什么？我看你还敢再说？！"

小英子脚底下一个绊子，将露美雄轻松地摔倒在地上。通常情况下，会话也就此结束——看来，小学里的男生就是这么愚蠢。无论哪个年级，男生普遍都幼稚得不可救药。特别是到了五六年级，更是学会了投机取巧，于是也就格外惹人讨厌。

露美雄原本是个人来疯，说起话来信口开河，而且附和的人也不在少数（这倒不是说他人缘有多么好）。况且小英子刚刚拿了奖牌，树大招风，于是露美雄一伙便想着法子找小英子的茬。更为狡猾的是，他们偏偏瞧准教练老师不在的时候发起挑衅。

无疑，对于露美雄一伙的挑衅，小英子每一次都给予了坚决的抵抗。只是令人难过的是——在这个幼小的女童身上，父亲的遗传基因日益明显地显露了出来。

随着年龄的增长，小英子的身高在不停地增高，骨骼变得更加坚实，体重也随之增加。与其说是身体肥胖，不如更准确地说是体形丰满。特别是手脚都大，那形状怎么看都和圣伯纳德雪山犬没什么两样。因此，经常有人把小英子看成是高一个年级的学生。在小英子小学六年级那年，更有人误将她当成了高中生，远远超出了她的年龄。

父亲遗传基因的显露，并没有只体现在体形上。随着年龄的增长，小英子的脸型也开始变得和父亲一模一样，两个人看上去简直就是一个模子刻出来的。

你要问小英子的脸的具体长相，鼻子是什么模样，我又有点不忍心逐一描述……这里仅列举小学校园里男生给小英子起的绰号为例吧——有大魔神、大土豆、玩命入道、顽石、戈隆星人，此外还有平家蟹、盖拉、猛犸金刚等等 ①，不胜枚举。

其中有些绰号真的让人费解，但无一适用于女孩子，这点毋庸置疑。特别是"顽石"，不仅令人不解其意，甚至是无法忍受。

据说，这些绰号大部分都是露美雄给起的。小英子和露美雄之间争执之激烈，由此可见一斑。真不知道小学里的男生为什么如此愚蠢。对此，小英子的态度表现得非常坚决，从未让露美雄一伙的势力占据上风。只要小英子一声怒吼，便可以将他们一个一个地打翻在地。因此，那些坏小子们始终也没敢越过雷池一步。

至于说小英子小学一毕业就停止练习柔道，远离柔道赛场，则是有其他一番理由。这或许与当时小英子全身心地投入到了描写"琪琪和沙利"的一本爱情故事当中，不无关系。

---

① 大魔神：日本漫画家永井豪与东映动画所共同制作的"魔神系列"第二作，同时也是剧中主角所驾的巨大机器人的名称。

隆星人：日本圆谷英二执导的特摄剧《赛文·奥特曼》中宇宙星人之一。

盖拉：东宝系列架空的怪兽，曾出现在特摄电视剧《去吧！神人》《去吧！绿超人》以及特摄电影《科学怪人的怪兽：山达对盖拉》等作品中。

猛犸金刚：日本 TBS 电视台和宣弘公司制作的特摄电视剧《月光假面》中的怪兽，身高 15 米。

# 二

小英子的母亲泰子，是一位爱心满满的女人。

二十岁出头与启二结为夫妻，从此二人朝夕相处，泰子对丈夫忠贞不渝，始终如一。那广目天王、平家蟹加上南洋诅咒面具的相貌，在外人看来似乎无任何可取之处，可是对于泰子来说，却不无美好。

女儿小英了虽然外表遗传了父亲的相貌，内心却继承了母亲的品德，是个富有爱心的姑娘。在感情方面，她一旦爱上了一个人就不会轻易改变，会一门心思为对方付出一切。

小英子的初恋，发生在小学六年级。对方是同班的同学，戴着一副小眼镜，名字叫堀田。

堀田虽然在运动方面稍显逊色，但却是班里的学习尖子。他博闻多识，一有空便把自己关在图书室里翻阅图鉴，人称儿童文学作品当中的主人公"小博士"。一般来说，小学里善于运动的男生比较受人追捧。因此，虽然堀田君学习优秀，但在班里却并没有引起人们的注意。可是，要想靠学习成绩征服别人，通常需要几年的不懈努力。

堀田君平日里一向少言寡语，性情温和，因此，小英子对堀田君一见倾心。

至于说班里的其他男生，他们大都心理幼稚。倘若在公园或者大街上迎面碰上了，总可以听到他们暗暗嘀咕着："喂，又遇上那个丑丫头了。"可这位堀田君却从不这样，他总是会微微一笑，挥着手轻轻地向小英子打个招呼。

堀田君平日里举止端庄，颇有些绅士风度，与班里其他男生截然两样——一个暑假，在附近图书馆的一次偶然相遇，猛然拉近了小英子与堀田君之间的距离。

"听说你在柔道比赛中还拿了奖牌，真了不起！一定付出了不少努力吧？"

所以说，与其他男生相比，堀田君显得成熟一些。在图书馆大厅里的那次对话，他非但没有出言不逊，反而对小英子所付出的努力给予了真诚的赞赏。

说者无心，听者有意。自从那以后，小英子不时便回想起堀田君那甜蜜的微笑，久而久之，便对堀田君产生了特殊的情感。说起来还有些难为情，这就是小英子的"初恋"。

也许大家都有相同的经历，初恋就如同得了一场大病。

在沉湎于爱情的同时，无限将对方美化，以致视对方于天神。到头来茶不思饭不想，闭上眼睛是他，睁开眼睛还是他。

初恋中的小英子，无疑正是害上了这种顽疾。她无时无刻不在心里暗恋着堀田君，忍不住时只好远远地偷偷看上他几眼……这话听起来似乎有些滑稽，可无奈那时的小英子，的确陷入了不可自拔的境地。

小学六年级下半学期的一天，小英子第一次听到堀田君和同班的一些同学谈论着女歌手。

堀田君原本不太喜欢谈论有关歌手之类的话题，一定是同学们谈起某某歌手，堀田君只好随声附和着。只见一位男生眉飞色舞地谈论起百惠小姐，又对"糖果组合"大加赞赏。堀田君始终在一旁微笑着听着大家的议论。没过不久，话题的矛头却开始指向堀田君。

"喂，我说伊万，不要只是听别人说，快告诉大家你都喜欢哪些歌手！"

顺便说一说，堀田君的绰号是"约翰万次郎"①，简称"约翰万"。据说约翰万次郎把英语的"What time is it now？"念成了日语的"掘红薯勿伤秧"②，由"掘"字联想到"堀"字，于是堀田便有了约翰万次郎的绰号。说这些话似乎显得有些多余了。

"你问我吗？我喜欢太田裕美③。"

---

① 约翰万次郎，原名中滨万次郎，文政十年（公元 1827 年）出生在日本土佐藩中滨村的一个渔夫家庭，14 岁那年与同伴一起出海打鱼，不料在海上遭遇风暴，被海浪吹到了一个荒岛上，后被美国的捕鲸船发现带到了美国，在那里他学会了英语和航海、造船技术，并取了美国捕鲸船长的姓，改名约翰万次郎。25 岁时约翰万次郎重回日本，致力于传播先进技术，被誉为土佐藩武士，为日本打开国门以及日后的崛起做出了重要的贡献。

② 两者谐音。

③ 太田裕美，本名福冈弘美。生于 1955 年，为 20 世纪 70 年代中期日本的当红歌星。

"哦，就是那首《木棉手帕》<sup>①</sup>呀。"

那段时间，正赶上太田裕美的这首《木棉手帕》最为流行。

"不，我喜欢她的那首《蒙蒙细雨》，太田裕美就是因这首歌走红的。"

堀田君漫不经心地说着。可小英子却是全神贯注地倾听着堀田君说出的每一个字、每一句话，并将它们——牢记在心。

——堀田君，他喜欢太田裕美！

对于坠入情网的小英子来说，没有比这更重要的信息了，仿佛得到了讨堀田君心欢的制胜法宝。

小英子当机立断，决定将自己的发型，按照太田裕美的样子重新打理一番——可是，小英子的面前却立着一道天然的屏障。

残酷的现实让小英子不得不承认，无论做出怎样的努力，自己与太田裕美的美貌始终相距甚远。

——我……真的长得很丑吗？

一天晚上，小英子面对着镜子，若有所思。

在成长过程中，父母一直在夸奖自己是世界上最漂亮的女孩子。那不过是出于父母对孩子的爱罢了，并不是社会上人们的看法啊。冷漠的社会告诉小英子——在美女和丑八怪之间，始终横亘着一条无法

---

① 《木棉手帕》，太田裕美演唱的歌曲，于 1975 年发行。

逾越的鸿沟。

——为什么我的眼睛眯成了一条缝？为什么我的鼻子大得出奇？

如果堀田君喜欢"猛犸金刚"或者"顽石"之类的形象，那该多好啊！或许这种人确实很罕见吧。不仅仅是堀田君，通常，男孩子都喜欢漂亮的女孩子啊。

尽管如此，小英子仍努力在自己的身上寻找着与太田裕美的共同之处——可是越是急于找到，结果却往往越令人失望。

首先，脸庞就毫无相似之处。论体格，自己则显得过于魁梧。而且，身高也远远超出了一般标准。再者说，太田裕美能歌善舞，还会弹钢琴，而自己却对这些一窍不通。要说柔道嘛，那必定是自己技高一筹，可太田裕美或许天生就对此不感兴趣。

想来想去，小英子最后得出一个结论，或许自己的五脏六腑和太田裕美的比较相似吧。可是，这个相似点却无法给她带来任何安慰。

父亲曾经担忧的事情，如今正在成为现实。

——这副模样，怎么能得到堀田君的心啊？

一向积极向上的小英子，这回认真思考起了如何才能获得堀田君的春心的问题。思考的最终结果是，小英子想暂停去柔道教室的训练。

不禁有人担心——小英子就这样轻易放弃了之前所有的努力，会不会太可惜了。可是对于身陷情海的少女来说，外界的声音丝毫不能改变她的意志。小英子决心已定，为了让自己的形象更贴近太田裕美，她毅然选择与"粗鲁"的柔道保持距离。

父亲启二对此不免感到失望，却也没有提出反对意见。启二早就听说，女儿在柔道场上曾经遭到男同学（特别是露美雄之流）的奚落。启二更知道，强扭的瓜不甜，人生也不只有柔道这一条路，只要她愿意，到了高中再恢复训练也还不迟。

从那时起，柔道场上便不见了小英子的身影。可是不久，充裕的闲暇时间又让小英子找到了新的乐趣。

小英子买来一些图画本，开始在上面随心所欲地描绘起"琪琪和沙利"的画像——看上去像是一张张插图，又像是一幅幅漫画。

"琪琪和沙利"是当时流行的一本温馨而漫长的连环画册《小小恋情物语》当中的两位主人公。作品描绘了一对高中生的纯真爱情。女主人公名叫琪琪，她身材矮小、平淡无奇。男主人公名叫沙利，他身材高大、文武双全。作品连载已有五十个年头，却依然人气不减，两位主人公的粉丝无数。当然，小英子也被漫画中的故事情节打动，深深陶醉其中。

当时，小英子攒下妈妈给的所有零花钱，买来了全套的《小小恋情物语》，还把它们藏在自己书桌的抽屉里。其实本可以把这些书大大方方地摆在书架上，可小英子不愿意让家里人知道自己的心事。

她如痴如醉地读着"琪琪和沙利"的故事。一天，她偶然拿起笔，在本子上画了一张琪琪的人物肖像，却得到了意外的收获。这让小英子兴奋不已，于是她又尝试着画了几张其他偶像的肖像。之后，小英子一有空闲便拿起笔，在图画本上画起人物肖像来。

无疑，肖像当中的琪琪就是自己，而沙利便是堀田君。比起沙利，堀田君的个头着实矮了许多，而且还多了一副眼镜。然而所有这些，在小英子的眼睛里已算不得什么问题。

每当拿起画笔，小英子便沉浸在无比幸福之中，仿佛自己突然间变成了琪琪，那么美丽，那么迷人。更让小英子感到欣慰的是，像守护琪琪的沙利那样，堀田君同样守护在自己身旁。

——啊！如果有一天，堀田君真的来到了自己的身边……

如此沉溺于爱情之中，即使是成年人，也难以自拔啊。

就这样，在作画的同时，小英子深深地沉浸在了爱情之中——可令人遗憾的是，现实当中的初恋却在一瞬间被迫宣告结束。

让小英子始料不及的是，伴随着小学毕业，堀田君的家也搬到了遥远的他乡。

据说是临时决定搬家的，甚至堀田君自己也没有料到来得如此突然，一定是堀田君家庭内部出现了变故。在此之前，小英子一直相信自己会和堀田君升入同一所中学。如此突如其来又绝望的打击下，小英子患了一场大病。

她无法对人诉说内心的忧愁，也不知道堀田君的家搬到了哪里。

就这样，小英子的初恋像是一段没有结局的爱情故事，永远地停留在了那一刻。

或许，这也是上天的旨意。

之所以这么说，那是因为升入中学不久，小英子便命中注定地遇到了另一位知己。


升入中学以后，小英子依旧没有返回柔道场。可是不知为何，她却开始练习起了铅球。人生真是变幻莫测啊。

失去了最可爱的堀田君，进入中学后的小英子一直意志消沉。然而不久，凭借着与生俱来的坚毅性格，她重新振作起了精神。为了能够再次见到堀田君，小英子下定决心重新塑造自己的形象。每个人都有可塑的一面和不可塑的一面，这一点毋庸置疑。但是如果就此放弃，最终只能是一事无成。

小英子最初想到的方法，就是减肥。

事实上，小英子的体重并非过分超标。除了身体的骨骼粗壮以外，头也略微显大，所以看上去块头总是比别人大出一圈。

这种体形的人如果要想达到瘦身的效果，除了减肥之外，还必须设法让自己粗壮的外表看上去更加"轻盈"。

当下，减肥的方法林林总总，让人眼花缭乱。可在那时，人们相信长跑才是减肥最有效的手段。

于是，小英子下决心每天坚持长跑锻炼。

决心是下了，可那时小英子毕竟还是个初中一年级的少女。为了减肥，穿上一身运动服在家门口跑步，不免让她感到羞愧。这似乎是在向世人宣布"我小英子也要变得苗条"，因此，跑步时遇见街坊四邻，总会让她无地自容。

这时，小英子萌生了一个大胆的念头——不如索性加入校田径队！她原本对于运动并不嫌弃，如果能在田径队里练习长跑，既可以瘦身，又培养了兴趣，岂不是一箭双雕？看那些马拉松选手，浑身瘦得直冒青筋呢。小英子目标已定，不达目的决不罢休。

可是，加入田径队后，教练老师看到小英子这副身材，兴奋地对小英子说道：

"喂，依我看你不如练习铅球，照你这体格，一定会成为一流选手。"

小英子就读的那所中学，田径队中不乏能跑能跳的选手。许多同学还在区运动会上取得了不俗的成绩。至于说投掷项目，却是很少有人问津。

"不，我不喜欢整天扔铁球。"

刚刚离开柔道队，现在又让小英子去扔铁球，那种只长肌肉不去膘的运动，小英子说什么也不能接受。到头来只能落得个血本无归，一无所获。

可那位教练老师是一个非常善解人意的人。更为卑劣的是，他竟然放出说客，专程来说服小英子。那个人便是比小英子高一个年级的前辈——大贯裕也。

大贯裕也时任学校田径队副队长，基本内定为下一届田径队队长。他是一名短跑选手，百米赛跑区运动会纪录的保持者，同时也是学习成绩名列年级前五名的高材生。不仅如此，他那器宇轩昂的架势，男孩子见了也不由得要敬他三分。

这种看似完美无缺的英俊少年，在当今社会也时有出现。如果故意挑剔，硬要找出他的毛病，只能说大贯裕也较同龄人的平均身高略微矮了一些。不过，处于生长期的少年，随时都可能蹿个子，所以以此作为大贯裕也的缺点，似乎为时尚早。

教练老师请出大贯裕也来说服小英子，不能不说他用心良苦。

然而，我们的小英子并非等闲之人。更何况刚刚失去堀田君的她，还没有完全从伤痛中解脱出来，怎么可能一下子转过一百八十度就……不用说，所有人都会这样想。

可出乎意料的是，小英子却轻而易举地被这位大贯裕也说得心服口服。

大贯裕也一副和蔼可亲的面孔，三言两语就让小英子无话可说。她当即承诺，下决心好好练习铅球。当时，大贯裕也的一句话着实让小英子动了心——"来，让我们比一比，看谁能率先打破市中学生纪录！哦，别忘了，这可是我们之间的秘密。"

面对大贯裕也那诱人的软话，小英子却轻易地上了"贼船"，不禁让人惋惜。爱是永恒的主题，人们向往它，却又被它轻易征服。再见了，堀田君！

从那以后，中学的三年时间，铅球伴随着小英子度过了一段美好的时光。

毫无疑问，小英子的筋骨由此变得愈发粗壮，身体也从过去的"丰满"变成了现在的"敦实"。可她对此始终无怨无悔，因为那让她无法割舍的铅球，是联系自己与大贯前辈的唯一纽带。

正因如此，小英子也赢得了众多赞赏。

毕竟小英子拥有天生适合铅球运动的体质，初中一年级那年的秋季，她便成功地刷新了区运动会的纪录。当然，那也得益于参加女子铅球比赛的人数稀少。可即使如此，却也遮挡不住她取得的成绩所放射出的光芒。至此，打破市中学生铅球比赛纪录已经并非遥不可及。这一目标的实现，则是在三年级的秋季，小英子即将初中毕业的前夕。到底是市级比赛，赛场上精英荟萃，竞争异常激烈。即便是小英子这样的体格，也不能掉以轻心。

那之后，小英子有幸和大贯裕也一起，双双被推荐升入了同一所高中，共同开启了高中生活。对于小英子来说，除了这一现实的恩惠之外，当然也少不了进入同一支田径队的特殊恩典。

由于两个人同属于田径队，与其他女生相比，小英子就有了更多的机会，自然就和大贯裕也有了更多的接触。除了相互之间建立起来的同伴意识之外，早上有晨练，放学以后有时还要加训，小英子和大贯裕也在一起的时间自然也就多了许多。有一次，两个人全神贯注地练习，竟然忘记了时间，加上夜深人静，小英子不得不请大贯裕也把自己送回家。两个人并肩走在路上，一个是个头偏低的大贯裕也，另一个是体格强壮的小英子，让人感觉好似颠倒了的"琪琪和沙利"。

前面说过，小英子是个感情专一的女孩子。所以，三年的中学时光，小英子的心里自始至终只有大贯裕也。和爱慕堀田君那时候的情况类似，这回小英子闭上眼睛是大贯，睁开眼睛还是大贯。在学校的时间，她的眼睛总是不忘寻找他的身影。

即使如此朝思暮想，小英子却没有打算采取任何具体的行动——或者说，即使有过那种想法，却没能真正付诸实施。

大贯裕也的确很受女孩子的追捧。据说每个年级的每一个班里，都有大贯裕也的粉丝俱乐部。小英子同班的女生当中，也有几个女孩子非常崇拜大贯前辈。在小英子看来，那些女孩子个个都美丽动人。她们长着一副女孩子特有的小巧身材，显得十分可爱。论相貌也远比自己端庄——和她们相比，小英子感觉自己似乎完全没有了胜算。

而且，大贯前辈似乎总显得那么高不可攀。

曾经有几个女孩子，试图鼓起勇气向大贯前辈靠近，却悉数败兴而归。传说大贯裕也的女朋友在附近的一所学校就读，但没有一个人可以证实，结果这事竟成了谜。小英子认为，这事情落在大贯裕也的身上，十有八九可以确定无疑。

因此，小英子始终没有勇气向大贯裕也吐露真情。

既然如此，还不如将一腔热情埋藏在心里，老老实实甘当后辈，或许更容易感觉到幸福。如果贸然行动导致玉碎，因此断绝了和大贯裕也的交往，结果反而因小失大。

小英子是这样想的，也是这样做的。就这样，她和大贯裕也一起度过了中学时代，又一起升入了同一所高中。这期间，她始终把自己对大贯裕也的思恋之情深深地埋藏在心底。

## 三

青春，每个人都曾为它迷茫、困惑、烦恼。

尽管个人情况有所差异，但所有人都曾经在这一时期经历过起伏，甚至陷入过人生的低谷。因此，人们把这一时期称作"黑色历史"或"黑暗时期"，并将其铭记在心，以致过后回想起来都不禁为之心惊。

说起来，高中的三年时间，对于小英子来说无疑就是一段"黑暗时期"。这倒不是说小英子在那一时期发生了什么不幸——通常情况下，处在这个年龄的少男少女，正是对异性萌生兴趣、动辄对他人品头论足的时期。

虽说小英子和大贯裕也一起升入了同一所高中，但小英子的高中生活却并没有因此变得轻松多少。身边都是同龄的高中生，所以，以貌取人、歧视弱者的趋势就变得越发严重。处在这种环境中，小英子首当其冲，成了一伙男生最先攻击的对象。

也不知道是哪个坏小子带的头，以致后来用各种恶毒的语言对他们所谓的"胖子"和"丑八怪"所进行的人身攻击，竟然到了肆无忌惮的地步。如果是男生的话，还会加上"秃顶"。究竟是怎样演变成如此恶劣的情形的，谁也无法说得清。明明只不过是身体特征，却招致他人的鄙视或是无端小觑。

自从升入高中后，小英子没少遭受这种无理的待遇。

例如，只因长得不如其他女孩子漂亮，就会有人当着小英子的面出言不逊。如果小英子反驳，对方就会咂咂舌头，说她开不起玩笑。见小英子体格粗壮，甚至还会有人说更难听的话，比如叫她什么"吃货""饭桶"之类……小英子以种种形式经受了常人无法忍受的伤害。

"人嘛，总是会以貌取胜。"

对此观点，班里的同学似乎没有任何异议。毋庸置疑，这种来源于成年人社会的思想，任何人对它都无能为力。

另举一例，高中二年级时，小英子曾大幅刷新女子铅球比赛的纪录。可是报纸却没有对此做出应有的报道，只是在报纸的一个角落里，用豆腐块大小的篇幅发了一条消息。不用说，既没有小英子的照片，也没有采访报道。

可就在同一时间，一个脸蛋儿如明星一般可爱的跳远女选手，只是因为人气旺，便引来报纸和电台长篇累牍的报道。

说实话，那位女选手虽多次打破个人纪录，但是总的成绩平淡无奇，实力上属于中等以下。只因她长得漂亮，成绩不好也可以登上报纸，甚至被寄予希望能在下届运动会上取得更好的成绩。

说起来，人嘛，就是这样。

"丑八怪"创造的纪录再好，也不如美人嫣然一笑，人们看重的是脸蛋儿。就连写出这种报道的记者也更为受欢迎。

受到良好教育且充满良知的新闻记者（作者对此表示怀疑）尚且如此，高中学生怎么能不受这一思潮的侵蚀？

小英子从小在父母的悉心呵护下茁壮成长，上了高中，却遭遇了人生最大的挫折。

渐渐地，小英子开始懂得，父亲曾跪倒在自己面前这件事背后所隐藏着的秘密……可即使父亲无数次地向自己低下头，对于问题的解决也丝毫没有帮助。首先，对于亲爱的父亲在自己面前所表现出的那种微妙的自卑感，小英子就极为不满。

人们寄希望于小英子发扬生性开朗的性格，面对那些无聊的现实时能付之一笑，可作为当事者本人，却根本无法表现出坚强的一面来。小英子不过是一个玻璃心的妙龄少女。玻璃一样易碎的心，如何抵挡得了无情的伤害？

正因如此，在小英子看来，在自己喜爱的人贯前辈面前吐露真情，并不是一种理智的表现。明明知道自己不会被对方接受，又何必逞强做那种愚蠢的事呢？

时光荏苒，两年时间一晃而过。最终，无言之中，小英子送走了高中毕业的大贯裕也。

小英子亲手烘制了自己喜爱的甜饼，送给大贯前辈作为毕业礼物，却没有附上毕业寄语。总之，一切都顺其自然。可是在小英子的心里，却多么希望大贯裕也永远能够记得，曾经有一位在中学时期相识的学妹，长着一副"猛犸金刚"或"顽石"的面孔，其貌不扬却也不失活泼与温柔。

令人深感遗憾的是，高中时期的小英子，一反之前活泼开朗的性格，开始变得内向，甚至越发默默无闻。或许是因为经历了太多的挫折，被人嘲笑，恶语中伤……即使不是这样，或许从那个我们赖以生存的、一切都以貌取人的社会，也可以看出一丝端倪。

从那以后，直到高三之前，小英子一直都在练习铅球，可成绩却停滞不前，甚至无法刷新自身的纪录，最后不得不自行引退。就这样，小英子最终结束了惆怅的高中生活。

小英子重新振作起精神，是在进入短期大学学习，并且再一次焕发起对爱情的憧憬之后。

　　高中毕业，摆在小英子面前的有几种不同的选择。父亲曾经建议小英子上大学学习体育专业，可是深知自己家庭经济境况的小英子，却没有打算接受父亲的建议。说到这里才想起，之前还不曾提及，小英子下面还有三个弟弟，这三个弟弟的教育费用足以给家庭造成沉重的经济负担。

　　"我已经决定，不再从事体育运动。反正也没有出路，不如图个清闲。"

　　在决定去向时，小英子这样说道。可是，这话在多大程度上出自小英子的真心，恐怕她本人也不知晓。无疑，小英子非常喜爱体育运动，能够上大学学习体育，是自己求之不得的事情，可自己却又不想与外人有更多的接触，于是便采取了这种逃避现实的做法。

　　最终，小英子选择进入短期大学的英语专科，希望利用两年的时间认真攻读一下英语。

　　顺便说一下，那个时候社会上流行着"女大学生热"，莫名其妙地把女大学生炒得热火朝天。趁着这股劲儿，女大学生们个个上身一件 Polo 衫，下身配一条卷裙，胳膊下夹着一个网球拍，昂首阔步走在大街上，好不神气。这在当时被叫作"古典横滨范儿"。当然，小英子也对这一流行发起了挑战，可是最终却因为找不到尺寸合适的裙子，无奈只得败兴而归，让人知道了不禁心生怜悯。

可是正如前面所说，自从小英子成了一名短大的女学生，便重新振作起了精神。其中最为值得一提的，便是她又重新找回了爱情。

这次的对方，可是一位了不起的男士。

他是天然理心流的剑术达人，拿手绝活是一次出击可连放三剑的三段突刺。对于其是否为帅哥，则传说不一。因为，早在一百年前，此人就已经离世，他就是——新选组一番队长，鼎鼎大名的冲田总司。①

双方结识的机缘，便是司马辽太郎的历史小说《燃烧吧！剑》。

也不知是什么机会让小英子拿到了这本书。升入短大的第一个夏天，小英子便开始读起来，立刻被书中的内容所感染。

——哇，好帅气！

小英子还记得，读《小小恋情物语》曾让自己心旌摇曳。与此相比，《燃烧吧！剑》则通篇充满了血腥。或许那也是出于无奈吧。

之后，小英子便迅速地迷上了新选组。当其他女同学都忙着去跳

---

① 天然理心流：日本剑术流派之一，由近藤内藏助裕长于宽政年间（1789—1801）创立，在江户建立道场教授剑术。新选组，江户时代末期从属于会津藩的武士组织。主要在京都活动，维持当地治安，对付反幕府人士。冲田总司（1842？—1868），九岁拜入天然理心流门下，跟随近藤周助学习剑术。十九岁就获得了"免许皆传"资格，被称为"天才剑士"。三段突刺为其绝招。

迪斯科时，小英子则把自己关在房间里，如痴如醉地阅读起了幕府末期的书籍。她甚至亲自到京都乃至多摩等地，踏访有关历史遗迹。现在回想起来，小英子被卷入那起事件，或许也是因为受到了新选组的影响。关于那起事件的前因后果，将在以后详述。

要说把小英子对冲田总司的情感看成是一场爱情，它又和真正的男女恋爱有所不同。可是，小英子对冲田总司所抱有的热情，又可堪比青年男女之间的恋爱。

然而，对于作品当中的反对势力坂本龙马，小英子也同样痴迷，以至思想被夹在两个人的中间，有时甚至彻夜难眠。这样说绝不是在开玩笑。

说点儿题外话，小英子第一次看到新选组局长近藤勇的照片时，顿时产生了一种亲近感。之所以这样，那是因为近藤勇长得酷似自己的父亲启二。哦，也就是说，长得很像自己。

"我怀疑，历史上父亲家的血统和近藤勇家的血统曾经有过重合。"

就此小英子曾经一本正经地问起过父亲。"没有！"父亲的回答非常坚决。见父亲的态度异常冷淡，于是小英子再三追问，最后父亲不得不承认，高中学校里的学生也曾向父亲提出过同样的问题。

"我可没长着那么一副石板的面孔！"

听父亲这么一说，小英子一时目瞪口呆。父亲虽然承认自己表情冷酷，却自认为并没有像近藤勇那么恐怖。

——哦，您的女儿还曾被人叫作"顽石"呢！

小英子立即想到会有人这样说。可是这话，她自己却没能说出口。

这以后，小英子再也没有对父亲说起近藤勇。

都说，爱情的力量是无穷的，随着对冲天总司热情的高涨，小英子对于自己与近藤勇相貌相似，反而越发感到兴奋。

通常，对女孩子说"你长得很像近藤勇"，那无异于是向对方发出挑衅，有时甚至可能被告以损害他人名誉罪。据查，近藤勇的确长着一副鬼神相貌，他横眉怒目，可以说新选组局长职位非此人莫属。既然如此，为什么小英子对于自己与近藤勇相貌相似，却表现得不以为然？归根结底，其中的原因就在于，小英子最爱的冲田总司也长着那么一副面孔。也就是说，小英子知道，冲田总司也和自己长相酷似。

一个人，之所以能够对某种事物兴奋不已，完全是出于对该种事物的痴迷。或许它早已超出了常人的理解和想象的范围。但是，如果本人能够从中得到乐趣，别人又能把他怎样呢？

总而言之，托一百年前美男剑士（对此并无定论）的福，小英子重新振作起了精神，脸上又呈现出了欢乐的神采，这不禁令人由衷欣慰。

# 四

小英子的人生发生重大转折，是在她二十三岁的时候。

那时正值小英子短大毕业，进入了一家大型文具制造厂就职。与其他公司不同的是，这家公司允许女职员到外地分公司工作。小英子进公司后不久，便被派到了设在京都的分公司，这正中小英子的下怀。对于酷爱幕府末期历史的小英子来说，真所谓如鱼得水。于是，她欣然接受了任命，只身一人来到京都。每逢节假日，小英子便走遍京都的大街小巷，尽情地享受着历史风情。

可是就在这时，母亲泰子患上了重病，一切瞬间发生了改变。据医生说，母亲的病一时不会有生命危险，只是需要注意生活上不能过于劳累。可家里还有三个弟弟需要照看，这让泰子感到了为难。

听到这一消息，小英子立即做出决定，准备辞职回家。她是一个以家庭为重的人，做出这样的决定根本不足为奇。

小英子离开家总共不到三年。回到了阔别已久的家乡，最先让小英子感到惊讶的，是一伙骑着摩托车在大街上横冲直撞的"暴走族"。

"那都是些什么人？"

"都是些暴走族……最近，这一带那样的孩子也多了起来。"

小英子的家坐落在东京都内。这一带远离古老的高级住宅区，是所谓的新兴住宅团地①，从前很少有那种游手好闲的不良少年出入。那倒不是因为这一地区人口素质高，只是由于这一带原本就人口稀少。现如今人口增加了，这些现象自然也就随之多了起来。

　　"这种人，到处都是。"

　　说起"暴走族"，京都同样屡见不鲜，所以并不奇怪。小英子透过家中窗户向外望去，只见一些年轻人聚集在一起，骑着摩托车不时地发出阵阵轰鸣。可仔细看去，那些人骑的不过是助动车，也就是所说的轻便摩托。之所以发出巨大声响，那是因为他们对发动机做了特殊改造。

　　"他们扰乱社会秩序，居然还以此为乐！"

　　"依我看，他们是在发泄对社会的不满。"

　　母亲的漫不经心，却显得小英子越发气愤。

　　有什么不满的？和他们相比，自己可是整天忍受着侮辱，什么"猛犸金刚"啦，"顽石"啦，可不还是照样坚强地活着？即使有一肚子火，也没有像他们那样骚扰街坊啊。

　　——自以为是！

　　说着，小英子关上了窗户。可让小英子万万没有想到的是，那之

---

① 团地：有计划地集中建设的住宅区、住宅新村。

后不到半年，自己竟然单枪匹马，和那些家伙们展开了一场殊死搏斗。

事件发生的经过异常清晰。所有的一切，都源于和曾经闯入小英子生活的那两个男人的再次相遇。

回到东京两个月以后的初夏，小英子来到附近的一家大型超市购物。那天恰逢星期天，超市大减价，前来购物的顾客络绎不绝。

那天，小英子的购物清单上除了便宜的牛肉和蔬菜，还包括一箱罐装啤酒。那时小英子还未取得汽车驾驶执照，出门都骑自行车。对她来说，一般的女士自行车显得有些矮，双脚踏在地上正好更容易控制，用起来非常方便。

小英子暗地里给自己的宝驾起了一个名字——"一品菊"。可是小英子骑在上面那样子，怎么看都像是马戏团里的狗熊。因此，不懂得世故的弟弟们，则戏称小英子是在"耍马戏"，弄得她哭笑不得。自小学以来，虽然告别了柔道场，但俗话说"江山易改，本性难移"，小英子的柔道体形却始终不减当年。加之训练铅球，使得肌肉更加丰满，于是便有了在弟弟们面前上演"马戏"的一幕。

那天，小英子同样骑着自己的宝驾"耍马戏"，不，是"一品菊"来到了超市，随后装载着大量的"战利品"，正骑行在回家的路上。

她满面春风，迎着晚霞，嘴里哼着歌，双脚用力蹬着自行车——就在经过旧时的中学附近时，小英子突然听到一个声音在呼唤自己。

"这不是北冈吗?"

小英子猛地一个急刹车，伴随着类似恐怖电影里的尖叫声，学生时代的大贯裕也，面带微笑出现在眼前。

"啊！这不是大贯吗？"

小英子一时手足无措，不知如何是好。自己离开家前不曾梳妆打扮，一头蓬乱的头发，身上只穿了一件旧衣裳，一副狼狈不堪的样子。

"你在这儿做什么？怎么会在这里遇上了你？"

"怎么不会？我家就住在这附近。"

面对着惊慌失措的小英子，大贯裕也笑着回答道。

"咦，大贯家不是在 ×× 大街吗？"

"哦，你还记得呀！"

上中学的时候，小英子不止一次地从那条街走过，所以她不但记得，甚至还可以清晰地描绘出街道的景象。

"不久前，父亲东拼西凑在这里买了间房子，家就搬到了这附近。你看，就在学校旁边，环境也还不错。"

"啊，是这样……"

这时，小英子猛然发现，不远处站着一个年轻女子。本以为那是大贯的家人，可定睛一看，原来是……对方向小英子轻轻地点了点头。

只见她一副端庄的面容，眼睛里不时地流露出轻蔑的目光。小英子清楚地记得那眼神。没错，她就是中学时期的那个低年级的女生。

"好久不见，前辈！"

年轻女子头也不抬地说道，眼睛里充满了嘲讽之意，和从前别无二致。

"你还记得吗？她是北冈下一届的……"

"我记得，她叫雪林，不是吗？"

"是的，她叫雪林理香，你记得没错。"

说着，只见雪林理香扭了一下细细的腰肢。这个小女子，似乎知道自己长着一副漂亮的脸蛋儿，中学时代就在男生面前献媚。小英子心里这样想着，脸上却没有流露出任何不满。

小英子上中学二年级的时候，雪林理香是同一所中学一年级的学生。她是三年级学生大贯裕也的铁杆粉丝，经常隔着教室的玻璃观看大贯训练。实际上，她和小英子之间曾有过一段不和。

事情的开始是这样的——

一天，小英子在校园的一个角落里练习投掷铅球，这时，从不远的地方传来了一阵几个女生奇怪的喝彩声。

通常，铅球训练时，每次投掷铅球的那一瞬间需要精力高度集中。可是，那些女生却偏偏瞅准小英子投掷的瞬间，大声地喧嚷："好厉害！"很明显，她们是在喝倒彩，干扰小英子的正常训练。

开始时，小英子只当没听见。可那伙人不但丝毫没收敛，反而变本加厉，致使训练根本没办法继续进行。无奈，小英子只好叫来教练老师，把那些低年级的女生狠狠地训斥了一通。

事情似乎暂时得到了平息。可从那以后，每当小英子遇见那一伙女生，她们便蓄意对其百般刁难。

她们还很善于使伎俩，因此，小英子很难抓住她们的把柄。比如，在走廊里迎面遇上小英子，她们会拉开距离老远地喊着"大猩猩""超级丑八怪"，故意让小英子听见。

"喂！你们说什么？"

这种行为当然会遭到小英子的强烈抗议，可那些低年级的女生却满不在乎，装作没事人儿的样子，一问三不知。更有甚者，有时她们会说："说了又怎么样，又没说你，为什么要起疑心？莫非你认为自己是超级丑八怪吗？"结果当然是小英子倍受伤害。

更让人无法忍受的是，在场的一些男生还会和她们站在一起，为她们打气助威。

"依我看，那是北冈过于多心了！"

那些男生，一定是觉得女人长得漂亮，心灵就一定美丽。要么，就是想要勾搭那些低年级的女生，讨她们的欢心。

雪林理香便是那一伙女生当中的一个。虽然不知道她在其中是否起到了关键作用，但至少可以认为，她是对小英子和大贯裕也在同一个田径队感到不满。

"前辈，您最近还好吗？"

雪林理香开口问道，仿佛从前的事情全都让她忘在了脑后。多年不见，雪林理香看起来比起中学时期又标致了许多。

"请问，你们二人……"

小英子本想问你们二人是什么关系，可话到嘴边又咽了回去。这时，大贯裕也故意大声笑着说道：

"你问我们吗？我们现在只是在交往，这可是我们之间的秘密。"

"我知道。"

记得同样的话，在互相约定"比一比，看谁能率先打破市中学生纪录"时也曾出现过。可是，那早已经是很久以前的事情了。

小英子强忍着泪水，横下心努力克制着自己的感情。面对伤心欲绝的小英子，不知是无心还是有意，雪林理香继续穷追不舍地说道：

"想起来了，前辈，我被邀请录制××电视台的知识竞赛节目，你一定要看哟！"

"哦，是要上电视吗？"

"只是当助手，不过也有不少镜头。"

啊，再努力也是白费心机……小英子心里想着。本来也没打算和谁分出个胜负高低，可现在至少，自己已经甘拜下风，彻彻底底地甘拜下风。

"裕也，我们走吧！"

雪林理香斜眼看了看茫然不知所措的小英子，催促道。"哦！"大贯前辈回过头，春风得意地回答道。

"北冈，回头见！"

说着，两个人手拉着手转身而去。

小英子望着两个人的背影，泪水几欲夺眶而出，她在心里暗暗念着——只要你幸福，就一切都好。


和另一个男人的再次相遇，是在那之后两个月的夏天。

一天，像往常一样，小英子走在车站附近的路上，迎面过来五六个不三不四的男人。他们一字排开横拦在大街上，其中有一个看上去还很面熟。

无所畏惧的小英子立刻上前打招呼。

"请问……您不是坚田先生吗？"

那人自然下垂的眉毛和眼角呈四点四十分角度，小英子由此立刻认出，他一定是曾经一起学习柔道的坚田露美雄。

"啊，你不是北冈小姐吗？"

和从前相比，露美雄看上去精干了许多，可又显得有些忐忑不安。

"我说，这个女的是什么人？"

同伙当中的一个男的颇有兴趣地问道。

"以前的一个朋友，曾经在一起学习过柔道。"

"柔道？"

那个男人突然发疯似的大声喊道。

"见鬼！瞧她那样子，还配学柔道？"

"谁能相信，她还会柔道？"

小英子紧闭着嘴唇，一句话也没说。一旁的露美雄有气无力地笑了笑，并没有打算解释。或许，他在那一伙人当中并没有发言权，也没有什么地位。

——怎么成了这个样子？！

想起露美雄过去的那股顽皮劲儿，一丝悲哀滑过小英子心头。

面对着曾经的发小，小英子并不想予以同情。相反，露美雄的所作所为，让小英子越发气愤。虽说如此，两人毕竟曾在同一个柔道场上练习过柔道。想起过去的时光，小英子不禁又萌发了恻隐之心。既然不情愿，为什么不早点儿离开那一伙人？

"算了吧！"

露美雄似乎也感觉到有些尴尬，随便说了句，便催促着一伙人匆匆地离开了车站。

——人的一生，果真是变幻莫测啊。

望着坚田的背影，小英子不禁感叹。

# 五

事件发生在十一月，一个蒙蒙细雨的夜晚。

几天前，小英子接到了那位坚田露美雄打来的电话。说是有事情要商量，要小英子到附近的一家家庭餐馆见面。

有什么事情非要和我商量？……小英子本不想理会，可毕竟曾经也有过那么一段往事，想到前些日子见面时他那副可怜的样子，却又不情愿就此拒绝。无奈，小英子只好按照对方的指点，来到了那家家庭餐馆。说起来，这还是小英子有生以来第一次单独和一个男士约会。

两个人来到餐馆，找了张桌子面对面坐下。寒暄几句之后，双方开始聊起了各自毕业以后的经历。小英子瞄准机会，开口询问对方找自己有什么事情，于是露美雄压低了嗓门说道：

"不瞒你说，我想向你借几个钱……等事情过后一定如数偿还。"

听对方这么说，小英子感到了极大的失望。原本也没有期待有什么好事情，可没想到竟是这样一个结果。

"为什么要借钱？"

小英子顺口问道，没想到露美雄的回答却让小英子大吃一惊。

"我打算逃走，离开这个地方。"

"逃走？……你做了什么坏事吗？"

"没有……可是如果继续待在东京，一定会受到牵连。"

小英子一时摸不着头脑，坐立难安。听露美雄解释后，认为果然事关重大，如果不躲避一时，甚至会殃及本人。下面的一席话，让小英子听了以后顿觉震惊。

据露美雄说，他所在的那个团伙的头头，看中了一个漂亮姑娘，便找机会设法勾搭，却吃了闭门羹。通常情况下，便知难而退了，可那个家伙却偏偏和别人不一样——说什么如果她不从命，就纠集一些人在路上堵截，还为此制订出一套计划。

"我说，你在胡说些什么？这可不是闹着玩儿的事！"

小英子大声说道。露美雄彻底失了往日的威风，低声下气地回答道：

"所以我才要逃跑，我可不愿意做那种事情。"

"为什么不去报警？"

"报警我就没命了！因为……"

露美雄哭丧着脸，接着说道：

"因为那个家伙的父亲，是××警察署的警察。"

"什么？"

小英子脑子里一片空白。

为什么警察的儿子竟然如此无法无天？在小英子看来，或许有一部分社会的原因，也有一部分家庭的原因，可现在不是考虑这个问题的时候。

现在问题的关键是，即便报了警，也极有可能无法得到警方的帮助。如果案件已经发生，则另当别论，可现在只是预谋，警察是不可能出动调查的。特别是，如果案件牵扯到警察自己的人，就更难将其说服，甚至还有可能被警察反咬一口，要你"拿出证据"。

"原来如此！……你的心情可以理解。"

"我说的都是实话，所以求你借给我一点儿钱，以前的事都是我不对。"

然而这时小英子担心的，却是那个被暗算的女子。必须尽快通知那个女子，以确保她的人身安全。

"那个女孩子，她叫什么名字？家住在什么地方？"

"你不知道吗？她就是××电视台知识竞赛节目的主持人助理……家就住在××大街公园附近。"

小英子的脑子里再次出现空白。

"她是不是叫雪林理香？"

"是，是的，就是她！"

小英子像是泄了气的皮球，浑身一下子没了力气。小英子并不希望看到雪林理香的不幸，只是如果自己向雪林理香提出警告，她一定不会相信。

"请问，有没有一个人，能够帮助尽快通知她本人？否则就要出大事了！"

"没有。如果有，我就不会来找老朋友北冈小姐借钱了。"

也不怪小英子说他，露美雄果然没有什么人缘，可现在又不是说这个的时候。

"我问你，那伙人打算什么时候动手？"

"我也不知道，估计就在这一两天，前几天还特地为此查看了地形。"

看起来，已经迫在眉睫了。

——到底该怎么办？

自己如何能担负得起这个重任？这让小英子感到十分为难。

前面已经说过，小英子亲自向雪林理香提出警告，不可能轻易取得对方的信任。原因就在于，雪林理香完全不将小英子放在眼里，无论小英子说什么，她都会认为那是小英子在故意刁难自己。

那么，如果尽快把事情告诉她的男友大贯裕也，结果会如何呢？作为当事人之一，大贯裕也是否会认真对待呢？

——看来女人长得漂亮，自然也有漂亮的烦恼。

美貌，有时也会给人带来灭顶之灾，此时的小英子似乎有所感悟。可说是这么说，她丝毫不觉得自己长得丑是件好事。

"我说，你到底答不答应借给我钱？"

小英子陷入了沉思，露美雄在一旁苦苦哀求。

"谁会借给你钱？平时不烧香，临时抱佛脚！"

小英子狠狠地回答道。此时此刻，她在心中早已做好了准备。


那一伙歹徒袭击雪林理香，是在五天以后一个星期三的夜晚。

这期间，雪林理香并没有在公司工作，而是在东京都内的一家餐馆做临时工，同时在一家影视经纪公司协助做节目主持工作。

那天，雪林理香结束了餐馆的打工回家，乘坐公交车，在离家不远的车站下了车，沿着公路走进了一条漆黑的小巷。雪林理香的家住在公园后边，这里到了晚上很少有人经过。

这时，只见一辆汽车开了过来，横着停在了雪林理香的前方。不等汽车停稳，车门被打开，一只大手拉着雪林理香就往车里拽。事先埋伏在附近的另一个男人，从背后捂住雪林理香的嘴，企图将她推入车中。

就在这时，一个体格健壮的女子出现在眼前。

"不许你们胡作非为！"

说着，那个女子拽起后面那个男人的胳膊，一个背摔将他撂倒在地。

"快跑！"

雪林理香被这突如其来的事态惊呆了，耳边只听到一个女人在大声地呼喊，却不知道那竟是自己中学时期的前辈。

"你是什么人？"

慌乱之中，只见几个男人叫喊着从车里猛地跳了出来。雪林理香趁机迅速脱身，迅速朝着家的方向狂奔。

回到家，雪林理香立刻报了警。待警车赶到时，现场只剩下一辆汽车，和两个捂着腰只顾呻吟的小流氓。似乎战场已经转移到了其他地方。

警察对四周进行搜索，在公园里发现了三个昏倒在地的男人，另有一名半死不活躺在地上的大力士。此人面部多处严重受伤，很难分辨出其性别。

"喂，你不要紧吧？"

见此情形，年轻的警官冲着大力士慌忙问道。

"告诉我，你叫什么名字？"

"北冈……奈保子。"

"啊！怎么，你是女人？"

惊讶之中，年轻警官下意识说出了这句话。他的这一举动，严重挫伤了小英子的自尊心。

"我看……你们谁也靠不住。"

小英子微微一笑。她前牙被打掉，满嘴鲜血，一副惨烈的模样。

正是小英子的顽强抵抗，才使那伙歹徒全部得以被逮捕。小英子一个女人，只身面对五名歹徒。最初的两个并没有费她多大力气，剩下的三人得知小英子是女人，便使出了浑身解数，并残暴地殴打起小英子的脸部。

小英子始终处于劣势，可她却丝毫没有退却。据小英子本人事后回顾，当时她的脑子里想到的始终是一件事，她不愿意看到大贯裕也因雪林理香的不幸而感到悲伤。

原本雪林理香遭到任何不幸都与小英子毫不相干。而且，作为鄙视他人的报应，她完全可以置之不理。

可小英子却不这样想。在她看来，一个人在任何时候都必须坚持正义。

到底还是受到了新选组的影响，想到这里，小英子的眼前总是充满阳光。

坚持正义！

是的，做任何事情都必须坚持正义。如果不能坚持正义，人生就失去了意义。

的确，自己长得又胖又丑，或许别人也会对自己的体态表示出蔑视。虽想改变这一现实，却又回天乏力，无法换出一副新的面孔来。

然而，唯一可以做到的，便是坚持正义，让人生无怨无悔。

小英子是这样想的，也是这样做的。为了把雪林理香从歹徒的手中解救出来，她来到雪林理香家附近，专等那一伙歹徒到来。

冷静想一想，或许还有其他更好的办法。但是小英子决心已定，任何人也无法阻挡她坚定的决心。

在和五名歹徒搏斗的过程中，小英子身负重伤，最后被送进了医院。医生诊断的结果是，小英子身上多处骨折，用钢针铁钉固定，不得不暂时住院治疗。

被小英子拯救免于灾难的雪林理香，曾来到医院看望，但是因为害怕承担责任，一再表示"不是我让你这样做的""是你自己愿意的"，并无意向小英子道谢。

"是的，都是我自己愿意的，和你没有关系，你不要再来了。"

听小英子这么一说，雪林理香反倒放下了心，放下一盆花告别而去。

之后，也未曾听到过雪林理香在娱乐圈成功的消息。或许早早地结婚成家，当了家庭主妇。

可能有人会说，雪林理香的老公一定是大贯裕也。然而，这其中却意外地发生了一个小小的转折。

当然，小英子的正义之举也传到了大贯裕也的耳朵里。

事件发生之后，大贯裕也对雪林理香的态度很是失望，最终导致两个人分道扬镳了。从那以后，大贯裕也每天都来到小英子的病床前，嘘寒问暖。

"大贯，你不必担心，不用常来看我。"

尽管小英子这样说，大贯裕也一天也没有落下，坚持每天到医院探望。

"你真的不必替我担心！"

小英子再三推辞，大贯裕也终于说出了实话——"老实说，在心胸宽阔、值得信赖的女人面前，我有种天生的胆怯。"

那之后，小英子有机会拜访了大贯裕也的母亲，并为她那比自己还要宽阔的体魄，和那比父亲还要酷似"广目天王"的脸庞感到惊讶非常。居然还有这种事情？真是无巧不成书！

啰里啰唆地说了这么多——现在让我告诉你吧，这就是我的母亲，大贯奈保子的青春。

如今，她依然精力充沛地享受着幸福的人生。顺便说一说，我本人脸型长得像父亲，体形随母亲。曾经的小英子逢人便说起我，并为自己的儿子而感到无比自豪。

可是，母亲却给我取了个名字叫"总司"——幸好不是"早死"（笑）。①

---

① 日语当中"总司"和"早死"谐音。

# 香园庄的回忆

那座公寓位于东京的平民区。

四面围绕着砖墙，墙面上长满了绿色的青苔，雨水常年冲刷的斑驳随处可见。砖墙内，矗立着一座木质结构的二层公寓——这便是"香园庄"。

打开公寓的推拉门，里面是一块三合土①地面的公共空间，房客们在这里脱下鞋子，方可进入各自的房间。现如今这种形式已不多见，可是在四十五年以前，它却是房屋建筑的主流。

记得小的时候，公寓里的居民敞开各自的门窗，邻里之间鸡犬相闻，那情景仿佛就在眼前。

腿脚不便的喜美枝小姐、手拿竹尺的本间阿婆、操着一口关西腔的关西先生、夜总会的女招待麻希小姐……那些住在同一个屋檐下的

---

① 三合土：由石灰、黏土和细砂组成。

左邻右舍们，他们从各自的房间里探出头，满面春风地打着招呼，仿佛一家人一般其乐融融。其中的大多数人，我已经很难回忆起他们的面孔。即便如此，我却能够按照搬进的顺序说出他们各自的名字，真是不可思议。

最后一个推开公寓拉门走出来的，是房东相园先生——他看上去不苟言笑。其实那时相园先生并非面无表情，只是他总是摆着一副苦涩的面孔，令人望而却步。在我的记忆当中，房东就像是一位坐镇的老佛爷。

回忆起在那座公寓里相知相遇的每一个人，都让我不由得肃然起敬。随着年龄的增长，我越发感觉到，他们的出现让我的人生变得不再平庸。

或许，曾经在那座公寓里生活过的每一个人都不过是凡夫俗子。可是，他们的每一张笑脸却都让我终身难忘。

一

我跟着母亲一起搬进那座公寓，是在昭和四十四年①。

如今已经过去了四十五个年头，昔日的香园庄早已尘封在了历

---

① 昭和四十四年，1969 年。

史中，那些遥远的记忆也已变得稀薄了。

不知为何，我第一眼看到那座公寓，就感到了一阵春天般的温暖。

记得搬家的那天正赶上初夏，天气已经变暖。可除了这一现实当中的气温升高之外，抬头仰望着公寓，我的心中还感受到了一种特殊的温馨。

"比起从前住的地方，这里的确有些狭窄……好在时间不长，就忍一忍吧。"

见我站在公寓门口不说话，母亲还以为我不高兴，附在我的耳边轻轻地安慰着，这情景至今我仍难忘怀。

可是，我脑子里想的却是另一回事——在我看来，能够和母亲一起住在这里，从此再也没有什么可害怕的了。

公寓大门一侧挂着一块牌子，牌子上面写着公寓的名字。上面的几个字，对于当时只有小学一年级的我来说，也能认出个七八分。

"母亲，这个公寓是不是叫香园庄？"

"嗯，也许是。"

望着那块牌子，母亲似乎有些不解。

一块浴缸盖大小的长方板子上，白底绿字，用油漆书写着公寓的名字。字迹看上去并不工整，像是我这样的小孩子写的，笔画显得有些幼稚，作为公寓招牌似乎有点寒酸。可是，这种东西看上去不惹人注意，对于像我一样的小孩子来说，反而会感到安心。

推开拉门，眼前是一块不足两平方米大小的门厅，地面用三合土铺就。门厅右手边是一个木制鞋柜（实际上就是个木架子），左手边是用几根木条搭起的一个伞架。伞架的上方，挂着一块小黑板，上面贴着各个房间的号码和房客的姓名。

自从记事以来，我家就一直住在银行的宿舍里，猛然间搬进公寓，这里的一切着实让我感到新奇。

站在门厅放眼望去，眼前是一条笔直的木地板长廊，长廊尽头敞开着一扇小门。地板擦得锃亮，显得十分干净整洁。

探头向内望去，上了台阶左侧是一个公共厨房，厨房的后面是通向二层的楼梯，楼梯口处是一个电话台，上面放着一个红色的投币电话。

"请问屋里有人吗?"

母亲站在门厅问道，没有人回答。侧耳静听，里面不时地传来电视机里发出的声音，和一阵清脆的风铃声。

"啊，对不起……我正要打个盹。"

母亲接着又招呼了几声，随后从紧靠门厅的房间里，走出来一个半头白发的男子。他一边嘴上应着，一边披上一件白汗衫，系着衣服扣子。在那之前，他似乎只穿了一件背心。

"哦，您就是预计今天入住的岸田女士吧?"

不等母亲自报姓名，对方先开口问道。

那男子一头灰白的头发，眼角布满了皱纹，却是一副健壮的体格，腰板儿挺得笔直。脖子以下，看上去俨然一副半中年男子的模样。

"是的……从今天开始，要给您添麻烦了。这是我的儿子，他叫基树。"

听见母亲叫着自己的名字，我赶紧双手下垂，弯下腰恭恭敬敬地鞠了个躬。

"请多多关照！"

"哦，别看这孩子小，却这么懂礼貌，真了不起！"

说着，男子的眼角浮现出了一丝笑意。我抬头看了他一眼，便不由得胆怯起来。只见他目光犀利，鼻头尖尖，长着一副老鹰般的面孔。当时我只有七岁，就像是一只见了老鹰的小兔子一般吓得浑身发抖。

"请跟我来，带你们去看看房间。"

那时，我们的全部行李只有母亲手里提着的两个大袋子、我手里提着的一个小包裹和我背上背着的一个小书包。男子从母亲的手中接过来一个大袋子。

"那个，请问房东，您是不是姓相园？"

脱下鞋子上了台阶，母亲开口问道。

"正是我……哦，你是问那块牌子吗？"

"我觉得，香园庄这名字，听起来很招人喜欢。"

母亲似乎和我想到了一块儿。

不一会儿，我和母亲跟着房东来到了二楼。和一楼一样，木地板的走廊同样擦得光亮。房东边走边回答道：

"不用说，这里就是我开的公寓，公寓的名字原本叫相园庄……几年前，这里曾经住过一个冒充艺术家的年轻房客。他欠下了一大笔房租，趁夜逃跑远走高飞了。他本人似乎受到了良心的谴责，临走前在房间里留下了那块牌子，还特地写了一封信表示'道歉'。信中求我把那块牌子挂在公寓门口，无奈字迹潦草，还把我的名字写成了'香园'，把公寓的名字写成了'香园庄'。"

听完房东的叙述，跟在母亲后面的我差点儿笑出了声。想起那块牌子上的字迹，觉得自己如果一笔一画地书写，说不定比那个人写得还要好。

"开始，我觉得这种东西怎么好挂在门口？后来想了想，'香园庄'无非就是改了一个字嘛。我觉得这个名字也不难听，于是就把公寓的名字改成了'香园庄'。'香园庄'，听起来就像是法国某个街道或者是什么品牌的名字，感觉还挺洋气，似乎也不赖。"

后来我想了想，房东当时一定是想起了法国的"香榭丽舍"大街或者"香奈儿"品牌的名字。可是无论怎样，这些名字听起来都和"香园庄"相距甚远。

在房东的引导下，我们来到了二楼尽头左侧的一个房间。那是一个不足十平方米的房间。打开推拉门，便是一个不足两平方米的厨房，里面还有一个小小的洗碗池。

我和母亲走进房间，放下行李，打开窗户准备通通风。房间墙壁是稍带绿色的土墙，似乎还掺杂着闪光材料，颇有些高级的感觉。

"您可以在房间里烧饭，也可以使用楼梯旁边的公共厨房，那里更方便。"

在房间里烧饭，还要接通煤气，费用较高，还得个人承担。如果使用公共厨房，使用的部分大家分摊，可以节省一大笔开销。

"还有……这里是壁橱，这里是顶柜……哦，这里面也可以放东西。"

随后，房东又打开了拉门，对房间里的设施一一做了介绍。实际上，倒真没什么可值得介绍的。

与听房东唠叨起来没完相比，那个斜对面的房间倒是更引起了我的注意。

似乎是为了通风，对面房间的门敞开着，一张浅蓝色的门帘随风飘摇。房间里传来电视机的声音，偶尔还夹杂着清脆的风铃声。刚刚在楼下听到的声音，无疑就来自这个房间。

"哦，让我顺便介绍一下对面的邻居。"

说完，房东走出房间，敲了敲对面的房门，可等了半天，却不见里面有人回答。

"怎么，出去了吗？……喜美枝小姐！你知道阿婆她去了什么地方吗？"

房东朝着另一间敞着大门的房间喊了一声，这时里面传出一个年轻女子的声音。

"说是去医院取药，一大早就出去了。"

"可现在已经下午两点了呀！……我看，一定又是去打弹子球了。"

房东大声嚷嚷着。这时听见门帘背后传来一声叹息，似乎是在附和着房东的话。

"那就顺便也介绍一下。对不起，打扰了。"

说着，房东撩起了一侧门帘，只见房间正中央摆着一个小炕桌，一个长头发瘦瘦的女人坐在炕桌前。女人的正对面放着一台不大的黑白电视机，电视机里正在播放着面向家庭主妇的综艺节目。

女人坐在炕凳上，一条腿伸到炕桌下面，看上去很随意的样子。她的身边放着一个大纸箱，里面装着一些透明玻璃水杯一样的东西，杯口朝下倒放着。炕桌上放着一些绘画颜料、一个倒插着毛笔的玻璃瓶，和一个揭去标签的铁罐头盒。

"这位是刚刚搬来的岸田女士，就住在对面的十七号。岸田女士还带着一个孩子，听说以前从来也没到过这种地方。我看你们年龄不相上下，以后就请你多关照啦。"

"哦，请等一等。"

说着，那位喜美枝小姐转过身趴在榻榻米上，双手支撑起上半身，想要站立起来。

"啊，喜美枝小姐，不用站起来了。"

房东赶忙上前阻拦，女人依旧用力抬起腰，摇晃着身子站了起来。

"对不起，我腿脚不利索。"

待她站起身后我才发现，女人右腿短了一截，整个身子向一边倾斜，可那已经是她尽最大努力挺直身体了。母亲感到非常愧疚，不住地低头道着歉。

双方互相通报姓名后，原本不善交际的母亲，红着脸小心翼翼地问道：

"请问，您是位画家吗？"

"哪儿的话？……这只是我的副业。在风铃上绘制彩画……画一个也能赚不少钱呢。"

说完，女人从衣柜上取来了一个小纸盒，打开确认了一下，便递到了坐在母亲一旁的我的手里。

"喂，这个给你，就算是我的见面礼。"

"谢谢！"

我当即打开盒子，看到里面装着一只玻璃风铃，上面画着几株水草，几条小金鱼在水中游荡。

"那上面的彩画，是我画的。"

"画得真漂亮！"

那是我第一次和喜美枝小姐讲话——现在想起来，从那时起，我就被这个女人深深地吸引住了。

说起来她和母亲年龄不相上下，可看上去却像个学生，说起话来非常爽快，是个很容易接触的人。环顾四周，房间的角落里还放着一些少女漫画杂志，让我感到格外亲切。实际上，我并不看那些少女漫画杂志，但是我觉得，能够理解那些漫画的大人，也一定是孩子们的好朋友。

可不知为何，她那消极的表情总让人感觉，她就像是一只离群的候鸟，有一种说不出的寂寞。我之所以有这种感觉，并不是因为自己多么老成——而是因为，在同一时期，自己的内心世界里，同样怀有一种难以表达的寂寞。


随后，大约在傍晚，对面房间里的房客回到了公寓，我便跟着母亲一起过去打个招呼。那位老阿婆，虽说已经是七十好几，身体却十分硬朗，很难让人相信她岁数都那么大了。见我们进来，不等我们问，阿婆便滔滔不绝地说了起来——她在战争当中失去了丈夫，一个人含辛茹苦把孩子们抚养成人，孩子们先后独立离开了家，剩下自己一个人，凭借着一身裁缝的好手艺，自食其力安闲地过着晚年。

只是那时，阿婆给我的印象，既热情开朗又善解人意。可过后我才知道，她还是个性情暴躁的老太婆。要是发起脾气来动不动就举起裁缝用的竹尺，把对方追赶得无处躲藏。有一次，我看见一个住在一楼的小孩儿在家里大哭大闹，阿婆听见后气势汹汹地冲到他家，把那小孩儿好骂了一通。

从那以后，本间阿婆在我的眼睛里变得可怕起来了，在我心中的名字也变成了"竹尺阿婆"——现在回忆起来，小小的香园庄里还真是什么样性格怪僻的人都有。

我和母亲入住的是第十七号房间。实际上，香园庄里并没有那么多房间，一层有六个房间，二层有七个房间，加起来总共只有十三个房间。

日本人常说"四"和"九"与"死"和"苦"谐音，所以在香园庄里找不到四号房间和九号房间。除此以外，"十四"让人联想到"重死"，因此这里也没有十四号房间。在西方人的眼里，"十三"是个不吉利的数字，可在香园庄却不会避讳。更何况那个房间的主人是本间阿婆，即使知道了她也不会介意。

房东的房间是一号房间和二号房间打通的，那里被称为"特殊房间"。受其影响，房客入住的房间号码便从三号开始算起。这样一来，香园庄的房间号码就出现了许多空号，这种随意性似乎也是这儿的特点之一。

我在香园庄居住期间，经常看到一些南来北往的过客，总是来去匆匆。

这里既有单身独居的，也有夫妻同室的，更有四口之家挤在一间不足十平方米的房间里的。有些人西装革履，手提公文包，俨然一副白领的模样。更多的人，从表面上无法判断他从事何种职业。有些人一身学生打扮，也有一些人一眼看上去便知道是夜总会的女招待。

其中多数人来去不定，出入无常。有些人见面熟悉，却从来也没有说过话——我对这种熙熙攘攘的感觉并不反感。相反，和许多互不相识的人在一起，更让我觉得兴奋。或许，初到香园庄时所感受到的那种春天般的温暖，正源于这种人与人之间相处的自然与和谐吧。

如果有人发生意外，只要大喊一声就会有人听见，并得到及时的援助——这种得天独厚的安宁感，只有身在香园庄才能够拥有。


二


自从搬进香园庄，没过多久，我便成了这里的小小福娃。不夸张地说，这里的多数居民都对我宠爱有加。

之所以这样，一方面因为我只有七岁，另一方面也得益于我热情开朗的天性。初来乍到时的我还有些拘束，时间一长便开始暴露出自己的本来面目。最关键的是，我知道怎么做能不惹大人生气，讨大人的欢心一向是我的拿手好戏。

说起来并没有什么特殊的理由——一段时期以来，最偏爱我的人，还应当算是那位住在一楼的夜总会的女招待。记得她曾经对我说自己叫麻希，那是她的艺名，她的本名非常朴实。

被四周砖墙环绕的香园庄内，有一片裸露着黄土的庭院，我经常一个人在那里玩耍。翻开泥土捕捉藏在杂草丛里的昆虫，总会让我全神贯注，忘掉一切。

一次，见我一个人在院子里玩儿，一楼的麻希小姐从房间里探出头，求我跑去帮她买东西。她要我去附近的香烟铺替她买一盒海莱特牌的香烟，作为跑腿钱，我可以得到一枚十块钱的硬币。这种买卖何乐而不为？

从那以后，我们便成了好朋友。麻希小姐说我长得像她老家的弟弟，因此只要见面，她就摸摸我的头、亲亲我的脸。有时在街上遇见，她也会慷慨地给我一枚十块钱硬币。一有空，她还会请我到她房间看电视。

可是，对于我和麻希小姐的友好相处，母亲却并不表示支持。

最近，母亲在附近的塑料成型工厂找到了一份工作，每天上午九点到晚上五点上班。我在附近一所小学上一年级，下午一点半就可以放学回家。母亲回来之前只有我一个人在家，所以母亲对我非常担心。

当时正值交通事故频发时期，人们称之为交通战争（似乎至今仍未平息）。在这种情况下，孩子待在家中无人照看，着实令母亲忧心忡忡。

得知我一个人在公寓的院子里玩耍，母亲似乎感到了一丝安慰——可是，听说我和麻希小姐在一起，甚至还到麻希小姐家里看电视，母亲的脸上明显表示出厌恶。

"基树还是个孩子，要和孩子们在一起玩儿，麻希小姐工作到很晚才回家，一定非常劳累了，就不要再去打扰她了。"

母亲嘴上这样说着，心里却另有一套想法。

没多久，麻希小姐神不知鬼不觉地搬出了香园庄。临走前她也没和我打个招呼。过后偶尔也听到有人议论，说麻希小姐不只是一般的女招待，或许有时也不得不卖身。看起来，母亲不希望我和她在一起，似乎也有母亲的道理。

可是——记得有一次在和麻希小姐聊天时，她忍不住回忆起自己上小学时候的情形。看到麻希小姐那天真无邪的样子，我觉得她也并非母亲所担心的那样。为了生活做了些难以启齿的事情，就要被人在背后戳脊梁骨，未免太过残酷。

话虽这么说，最能够让母亲感到安心的，就是我放学后在外面玩耍，到了天黑回家，或者在本间阿婆的房间里聊天，或者在喜美枝小姐的房间里帮帮忙。搬到香园庄的头一天就认识的这两个女人，深得母亲的信任。

不用说，我也非常喜欢这两个人。不过，天黑之后去得更多的依然是喜美枝小姐的房间。

之所以这样，老实说倒不是因为喜美枝小姐长得年轻漂亮——更多的是因为，我们都喜欢看相同的电视节目，有着许多共同的语言，而且说起话来也很投机。其实，多数情况下，是喜美枝小姐在迎合着我这样一个孩子。即便如此，在看晚间播出的动画片时，我们经常会一起大笑；在听到电视机里播放歌曲时，我们也会不约而同地唱起来。

之后，我也会帮喜美枝小姐出去买买东西，有时也会帮忙往纸箱里摆一摆绘制好的风铃。

"我要是也能有一个像小基树这样的儿子，那该多好啊！"

每次听到喜美枝小姐这样说，我都会从心底感到高兴。

可是——像这样，我总是去喜美枝小姐的房间，必然引起本间阿婆的不满。有时，她也会把我强行拽到她的房间。

"小基树，不要只是给喜美枝小姐帮忙，多少也要帮我做点事吧！"

阿婆这么一说，我只好帮她做起了裁缝。可说是这么说，那些专业的活计我可是一窍不通。我能做的，最多是用剪刀沿着阿婆在报纸画的黑色线条将纸样剪下来。

作为回报，为了让我高兴（或许只是她的个人爱好），本间阿婆也会滔滔不绝地讲起有关周围邻居，或者公寓里房客的闲话。现在想起来，比起麻希小姐，也许本间阿婆的品行更加恶劣。有关房东的一些令人感到意外的话题，就是那时从本间阿婆那里听到的。

"也许小基树还不知道，不知道为什么，相园先生在这一带很有人气。"

或许是我说从来没见房东笑过，房东看上去很可怕，才引起了本间阿婆的这一番议论。

"其实，房东在当地并不是大户，也不是什么区长之类的大官。看他那副顽固劲儿，其实很难让人接近……可不知道为什么，区上的人都对相园先生偏爱有加。我已经在这座公寓里住了四年，至今不知道究竟是为什么。"

在我看来，一个人被大家敬重也无所谓什么原因，恐怕只有本间阿婆才会为此绞尽脑汁吧。

"有一次，那是我刚刚搬到这里不久，相园先生得了感冒病倒在床上。医生告诉他要卧床休息，可相园先生没有家人，没有人照看，甚至没有人给他做饭。"

不知为何，房东只身一人住在香园庄。从房东本人嘴里，从来没有听他提到过自己的妻子和孩子。有一次母亲曾经问起他的家人，他只是说出于一些原因，目前和家里人分居生活。

"可这却引来了区上的人们每天轮着班地照看相园先生。见那情形，我还以为房东是区里的名流呢。于是，我悄悄地向前来探望的人打听，可他们都说，相园先生既没有官职，也不是什么有钱人，只是他已经在这个区住了三十来年……接下来，我听到了一件非常有趣的事情。"

老实说，在此之前，本间阿婆的话并没有引起我的兴趣——可是下面的话，却让本间阿婆牢牢地抓住了一个小孩子的心。

"据说，相园先生的手里攥着一份秘密手账。"

"秘密手账？"

当时我并不知道，所谓的"手账"，实际上就是通常所说的笔记本。

"据说，那上面记录着重要的事情。当时，我还听见屋子里有人说，如果相园先生感冒死了，这个手账也要和他一起烧毁。"

看起来，本间阿婆在房东患病时乘人之危，站在屋外偷听屋里的人讲话。想到这里，老实说，当时我也不知道这本间阿婆到底是好人还是坏人。

"我觉得，那个账簿里一定记录着区里所有人的秘密……因为有了它，任何人在相园先生的面前都抬不起头来。"

听本间阿婆的意思，似乎房东拿着这些秘密，对区上的人进行恐吓——这无论如何都不能让人相信。房东看上去的确有些可怕，却不像是能做出那种事情的人。

可是，那个"秘密"又让人放心不下。房东手里真的会有那种东西吗?

"小基树，你还是个小孩子，有些事情还不明白……要知道，人不可貌相，海水不可斗量啊！"

说着，本间阿婆皱起了眉头，可我却怎么也无法赞同她的话。

同样从本间阿婆的嘴里听说的事情是，喜美枝小姐有一位男朋友。

"她可真是太可怜了。"

喜美枝小姐就住在隔壁，和本间阿婆只隔着一道墙。所以，本间阿婆压低了嗓音。

"听说，是以前在一个什么集会上认识的，两个人相处得很好，本来打算不久就要结婚，可你知道，喜美枝小姐有残疾。据说，对方家长怎么也不同意，因为喜美枝小姐不能生小孩儿，我看倒也可以理解。"

本间阿婆似乎无所不知——依我看，这些倒像是喜美枝小姐自己说出的。只是因为不能生小孩儿，所以对方家长不同意……这话听起来似乎很难让人接受。如果是本间阿婆那一代人，这么想似乎也情有可原。可是，如果喜美枝小姐确实因此而遭到拒绝，就不得不令人感到伤心了。

"听说，对方的父亲还经营着一家不小的公司。那个男人说，如果不同意结婚，两个人就私奔。可那终究不是一件好事情。为此，喜美枝小姐知难而退，一个人搬进这家公寓躲了起来，真是太让人心疼了！"

这么说，喜美枝小姐似乎是把自己隐藏了起来。

这听起来，倒符合喜美枝小姐的性格，可仍让我迷惑不解。我感觉，对方那个男人似乎更值得可怜。

"阿婆，喜美枝小姐的腿为什么会变成这个样子？是不是遇上了交通事故？"

听我这么一问，本间阿婆没有立刻回答，心里好像在想着些什么。过了大约十五秒钟，她才似是而非地回答道：

"噢，说得也是呀！"


三


我从喜美枝小姐的口中直接得知她右腿致残的原因，是在那年的年末。

前一天，母亲带着我到繁华的大街上置办一些新年的年货。

那个年代，不像现在这样新年第一天超市购物呈现出一番火爆的场景。通常新年的头三天之内（有些地方还会更长），市场就像死了一样进入"休眠"状态，买不到任何东西。因此，人们必须储备充足的食品，以防新年来临却要忍饥挨饿。此外，如果生活用品、取暖的灯油等停止供应，也会使人们的新年陷入困境。

正因如此，那时的年末远比现在忙碌，也远比现在热闹。为了吸引顾客，商家会大幅减价销售，顾客也会赶着热闹全家一起出动置办年货，所有人都为了新年忙得不可开交。

那年的年底，母亲也好好补偿了我一番。

母亲先给我买了我自从圣诞节就期盼着的玩具，顺势又给我买了一套塑料拼装模型和一副新手套。母亲一边买着嘴里还一边念叨着，"平日妈妈不能陪你在家，让你一个人受苦了！"可在我看来，母亲自己一定也感到很开心。

买好年货，我和母亲准备去车站乘公交车回公寓。我手里提着一大包货物，原本累得气喘吁吁的，可今天却感觉格外地轻松。

我们母子二人欢欢喜喜来到了车站，这时，耳边突然传来一阵悲凉的音乐声。我不由得四下张望，看到车站一根巨大的立柱前站着一个人，手里拉着一架手风琴。

——他是什么人？

看着他，我心中感到一阵强烈的震动。

只见那个人，一身白色布衣，头上戴着一顶破旧的棒球帽。时间已是黄昏前后，他却戴着一副太阳镜，但看上去并不像电影演员那样潇洒，只是在普通的黑色镜框上镶了一块茶色镜片。他的身后，竖着一根白色的拐杖。他是个盲人！

当时只有七岁的我，看到这年终岁末竟然还有人在数九寒天里拉着手风琴，感到十分震惊——我拨开人群走上前，看见还有一个和他同样打扮的人跪倒在地上，这更让我目瞪口呆。

那个人没有双手和小臂，肘关节上安装了一副铁钩代替假手。那铁钩只有鸡蛋大小，不像幻想童话小说《彼得·潘》中虎克船长手上的铁钩那么大。

那个人将铁钩戳在地上，冲着周围的人不住地磕头作揖。他的面前放着一个纸箱，纸箱的盖子敞开着，上面用毛笔写着两个字"伤兵"，似乎是在向人们乞讨。

"妈妈，那两个人在做什么？"

我战战兢兢地问站在一旁的母亲。

"他们是在战争中负了伤的士兵，因为身体残疾无法工作，在这里向过路的人们乞讨钱财。"

战争——当时正值越南战争爆发时期，可母亲说的似乎是太平洋战争。

对于我来说，那些无疑都是发生在遥远的另一个世界的事情。那个时候，越南在什么地方我都不知道，太平洋战争也已经过去了二十四个年头。对我来说，只在电视或者电影当中才能听到大人们谈论战争。

我既没有目睹过战争，也不知道战争是怎么一回事——看到眼前这些在战争中负了伤的士兵向路人乞讨，着实让我感到惊诧。

战争又不是他们发起的，当兵上战场也并非他们的本意，可他们为什么要在这寒冷的街头，拉着手风琴跪在地上乞求施舍呢？

"唉，这个时候见到伤残军人！"

"大过年的，真让人扫兴！"

我呆呆地望着眼前的两个人，听见背后两个留着长发的年轻人冷言冷语地说道。

"依我看，他们是在行骗。"

"啊！真的吗？"

"当然啦！真正的伤残军人，可以从政府那里领取抚恤金，不用沿街乞讨，也能维持生活呀。"

"这么说，他俩到底是什么人？"

"我怎么知道？也许是遇上了交通事故，造成终身残疾。可只有装作伤残军人，人们才肯掏出钱，所以他们才会打扮成这个样子。"

听到人们的议论，我简直不知道应该如何是好。我和母亲商量，问是否可以给他们一枚十块钱硬币。

"当然可以，去吧！"

母亲从钱包里掏出二十块钱，放在了我的手里。我一只手抱着母亲刚刚给我买的玩具，走到了乞求施舍的男人面前。刚要将硬币投入纸箱，又觉得这样做有失礼貌，于是我蹲下身，将二十块硬币一枚一枚地放进了纸箱。

"谢谢你，好孩子!"

说着，跪在地上的人抬起头朝我笑了笑。站在一旁拉手风琴的人，也一边拉着手风琴一边轻轻地对我点了点头。

我那时只有七岁——对于战争一无所知。没有付出过任何辛苦，只是把从母亲那里得到的两枚硬币近乎得意地递到了对方的手里。想到这里，我不由得内心感到说不出的惭愧。

"快走吧，妈妈!"

我转过身跑回母亲的身边，拉住母亲的手，急忙离开了人群。


几天以后，我来到喜美枝小姐的房间，跟她讲了我的故事。

那段时间，喜美枝小姐并没有在风铃上绘制彩画。因为冬季很少有人买这种东西，所以也就拿不到商家的订单。

没有了绘制风铃的工作，却又有了在玩具上贴不干胶的家庭副业。具体地说，就是在小孩子手掌大小的塑料汽车上，贴上当时流行的怪兽不干胶。那上面的图案，连我这个小孩子一看就知道是假冒的。那时，电视和电影中流行着一种怪兽，可喜美枝小姐贴的不干胶上的怪兽却有点四不像（准确地说，是在怪兽哥斯拉的头顶装上了犄角，在怪兽加美拉的脸上安上了鹰嘴）。似乎贴上了这种标签，汽车玩具就会有销路。另一种标签是一个嬉皮士模样的男青年，他那样子让人联想到当时火爆的电视节目《巨泉对前武爆笑 90 分钟》当中的人气偶像"为五郎"。可是我不知道,这种东西究竟有谁会买。

喜美枝小姐总是在抱怨,说贴不干胶的工作远不如绘制彩画有意思,可我却对此并不厌烦。因为贴不干胶比较简单,我一个小孩子也能做。

天气太冷懒得外出玩耍的时候,我就和喜美枝小姐一起围着热炕桌一边看电视一边贴不干胶。当然,也少不了天南海北地闲聊。

也就是在那时,我对喜美枝小姐说起了年底在车站见到伤残军人的情景。

"那是我第一次见到伤残军人,真的吓了我一跳。"

我一边在汽车玩具上贴着不干胶一边说道。

听完我的故事,喜美枝小姐笑着点了点头。

"的确,小基树没有经历过战争,毕竟那是很久以前的事情了。"

"是的,我在电视里看到过战争电影,可怎么也看不懂,觉得很没有意思。"

到底是七岁的孩子,对于《勇士们》和《坦克大决战》① 这类战争题材的作品不可能感兴趣。

"你知道吗,小基树?听房东说,战争结束时,这一带也曾遭到

———————————

① 《勇士们》和《坦克大决战》,20 世纪 60 年代美国电视系列剧和战争片。

过美军飞机的空袭。"

"啊，这个地方也被炸弹袭击过吗？"

不知道为什么，那时我也已经懂得什么叫"空袭"。是从电视里看到的，还是从越南战争的报道中得到的知识呢？

"对面商店街的人可要受苦了！那里不是住着很多人吗？"

听我这么一说，喜美枝小姐微微一笑。

"小基树，你以为只有商店街的人遭到了炸弹袭击吗？实话跟你说，当时这一带整个地区被炸成了一片废墟，到处都着起了大火，被炸死的市民不计其数……"

尽管如此，我却无法想象出当时的情景。尽管搬到这里还不到半年时间，可是我怎么也想象不到，没有房屋、学校，没有公园、商店，会是怎样的一种情形。

"这座公寓也被炸毁了吗？"

"这个我也不知道，也许那时房东还没有经营这座公寓吧？"

到底还是个孩子——在我的眼睛里，这座香园庄建筑或许已经有一百年，甚至是两百年的历史了。

"那么……这里也会有幽灵吗？"

听我这么一说，喜美枝小姐瞪大了眼睛。

"你不是说，这里死了很多人吗？"

"是呀……可是，我在这座公寓里已经住了两年多，却从来也没有听说过什么幽灵。以后长大了，学点儿日本的历史你就会知道，那时，整个日本没有一个地方没死过人。如果那些人都变成了幽灵，那恐怕要比活着的人还要多呢。"

听喜美枝小姐这么一说，我才放下了一颗悬着的心——可那之后，喜美枝小姐不经意间说出的话，却又让我摸不着头脑。

"当初……还不如变成个幽灵，偶尔出来露个面呢。"

"啊，你说什么？"

"我是说，偶尔出来露个面，还可以让别人想起自己。"

现在回想起来，总算明白了喜美枝小姐的意思。可在当初，我根本就不知道她在说些什么。人死了只有上天堂才算是幸福，从来没听说有谁愿意变成幽灵。

听我这么一说，喜美枝小姐趴在榻榻米上，从热炕桌下抽出一条腿，像往常一样托起残疾的身子，从衣柜旁边的书架上取出了一本薄薄的杂志。她随手翻了翻，打开一页，递到了我的面前。

"小基树，把这首诗大声朗读一遍，有不认识的字我教给你。"

猛然间像是要接受一场考试，我心里一阵紧张。杂志里的诗句，字迹虽小却没有几个生词。因为很小就一个人读书看漫画，不觉间我已经认识了很多汉字。


阵亡可悲

士兵之死，可悲

在遥远的他乡，意外地死去

默默地，在举目无亲的他乡

意外地死去

家乡的声音

亲人的目光

意外地，悄然无息

为了国家

为了君主

我的心

已经化为灰烬


乘一只白色小木箱，遥望故乡

那里不见呜咽，也没有悲伤

人将至

故乡已不再彷徨

男人埋头做事，女人对镜梳妆

累累白骨，早已被人遗忘

那白骨，曾获勋章

受人敬重，被人赞扬

现如今，它在大声地哭泣

为了绝世的乡愁哭泣

但故乡却是一片锣鼓喧天

开启了一番繁华的景象

女人依旧对镜梳妆


啊，阵亡可悲

士兵之死，可悲

难以忍受的寂寞

为了国家

为了君主

我的心

已经化为灰烬


读完诗篇，喜美枝小姐对着我轻轻地鼓了鼓掌。

"小基树，读得很好，太棒了！"

小学一年级，朗读起课文来总会磕磕绊绊，却得到了如此夸奖，
不禁让我有些沾沾自喜。

"你觉得这段诗篇怎么样？"

我合上杂志，喜美枝小姐紧接着问道。

毕竟还是小学一年级，这种问题对我来说似乎显得有些深奥。事到如今，我已经想不起来当时自己是如何回答的了。只记得"意外地死去"这种表达方式，和"女人对镜梳妆"这一节，在我的心中留下了异常深刻的印象。

若干年以后，在寻找诗篇的作者时，这两句话无疑成了重要的线索。作者名叫竹内浩三，诗篇的题目叫作《白骨赞》。竹内浩三曾梦想成为一名电影导演，却死在了战场上，时年二十三岁。

"让人感到悲哀的是，如今作者和他的作品早已被人们遗忘……人总是希望向前看，没有人愿意再回想起那段不幸的历史。战争结束，距今已经过去了二十五年时间，没有人愿意继续为了战争忍受巨大的痛苦。"

正因如此，更没有人愿意看到那些伤残军人跪在地上乞求施舍——我这样想着，无意中听到喜美枝小姐继续说道。

"小基树……战争已经结束，可是它却给我带来了永久的创伤。"

"啊，你说什么？"

"我的右腿，就是被机关枪打伤的……那是在我很小的时候。"

接着，喜美枝小姐讲述了她的经历：那还是喜美枝小姐两岁的时候，一次她趴在妈妈的背上，一架美军飞机飞了过来，机关枪的子弹打中了母女二人。母亲当场死亡，幼小的喜美枝右腿大腿根部粉碎性骨折，好歹保住了一条性命。

"为此我失去了生育能力，而且不能像其他孩子一样奔跑……对我来说，或许当时还不如意外地死去。"

对一个小孩子说这种话，确实显得过于沉重了。不过正由此可见，喜美枝小姐似乎完全把我当成了她的朋友。

听完喜美枝小姐的故事，我感觉脑子里一片混乱。

对于我来说，战争已经是很久以前的事情。战争的受害者，原本也都是一些素不相识的陌生人——可眼前的这位喜美枝小姐，作为战争的受害者，至今仍然忍受着战争给她带来的巨大痛苦，这完全让我始料未及。

"不，你怎么能这么说……怎么能说不如意外地死去？"

说着说着，我感到一阵心酸，不禁热泪盈眶，最后忍不住放声大哭了起来。

"啊，小基树，对不起，我不该这么说。我都是乱说的，不要当真啊。"

喜美枝小姐一时间惊慌失措，边说边把我抱在了怀里——但我知道，喜美枝小姐绝不是那种会说瞎话的人。

# 四

"关西先生"从昭和四十五年五月开始入住香园庄。

"关西先生"，这名字听起来让人感觉很奇怪，无疑那只不过是他的绰号。"关西先生"的原名是坪井，大阪出身，平日里操着满口的关西腔，动不动"这家伙贼有意思""这家伙贼傻贼傻的"，说起话来总是带着一个"贼"字。第一次听他说话，有一种新鲜的感觉，觉得很有意思，"关西先生"也就因此得名。他本人则表示这名字"听着不带劲儿"，并以此拒绝接受，可时间长了，似乎也就习惯成了自然。

关西先生三十岁出头，瘦高的身材，烫着一头坚硬的毛发，远处看上去像是一撮欧芹菜，又像是一把彼岸花。他独自一人住在一楼的五号房间。我和关西先生得以亲密交往，还缘于一次特殊的事件。那次事件，在外人看来再平常不过，可对我来说却是意义重大。

记得那是刚过完儿童节不久——我从学校放学回到公寓，一进门看见房东正在打扫门厅。"我回来啦！"我和房东打着招呼，房东则像往常一样，绷着脸随便回答了一句"噢，知道啦"。

"你先在外面站一会儿，等我把地打扫干净。"

我刚要脱掉鞋子进去，却被房东拦在了门外。房东小心翼翼地打扫着门厅。因为一会儿我和同学还另有约会，所以心急火燎的。但我知道这个时候最好还是少说为妙，于是我只好耐心等待着。

房东似乎看透了我的心思，偏偏就在这时和我不紧不慢地闲聊了起来。

"基树，在学校好好学习了吗？"

公寓里多数房客都称我"小基树"，只有这位房东正儿八经地直呼我的名字。

"好好学习了。"

"嗯……那就好，要好好学习，只有知识才能够改变人的命运嘛。"

冷不防地开始了一番说教。

这时，只见五号房间窗户被打开，关西先生从里面探出头来。那时，关西先生搬进香园庄时间还不长，我和他也没见过几次面。

"喂，我说，这是不是你的书？"

说着，关西先生把一本书递到了我的面前，那是一本小学二年级的国语教科书。

"这是我前两天在楼梯下捡到的，上面没写名字，也不知道是谁丢的。"

住在公寓里的小学生，除了我以外，还有一个住在一楼，我和他不在一个年级。关西先生如果知道我是二年级，或许早就给我送过来了——不用说，关西先生并没有义务特意跑来询问，所以晚送过来几天我也没话可说。

"啊，是我的，谢谢您。"

老实说，前几天放学回到家，我站在楼梯口把书包扔上二楼，为的是让书包比我率先一步到家……当时一个人玩着这游戏很是开心。

至于说为什么，我自己也不知道。毕竟是小孩子，总是会对一切事情都表现出极大的兴趣。

就是这个"扔书包游戏"，如果成功则没有问题，但如果失败，书包就会顺着楼梯直滚而下。如果书包没有拉上拉链，这时里面的东西就会像天女散花一样散落一地。

说起来，比起游戏成功，失败的场面更容易给人带来说不出的兴奋感——也就是在最后一次上演天女散花时，我不知道把国语教科书丢到了哪里。那之后也上过两次国语课，找不到国语教科书，让我一时焦急万分。我一直以为自己把书丢在了学校，现如今失而复得，不得不说真是让我喜出望外。

可就在我从关西先生手中接过教科书时，站在一旁的房东看到了，几乎酿成一场大难。

"基树，这么重要的教科书，为什么不写上名字？"

房东一定是觉得我嫌麻烦，没有在教科书上写上自己的名字。

"一会儿回家，我一定写好。"

"现在就写！我去拿笔，你就在这儿好好地在书上写上自己的名字！"

不知为何，房东却较起了真儿，紧追着我不放。是不相信我说的话？——或许，房东已经察觉到了我不愿意在教科书上写上名字的真正理由。

"听我说，基树！……姓名对于一个人来说，是非常重要的东西。它就像是一个人的记号，在这个世界上独一无二。在他人面前写出自己的名字，就好比是在对世人表明，我岸田基树依然存在在这个世界上。"

实话说，我之所以不愿意在他人面前写自己的名字，也正是出于这一原因——我无论如何也不愿意让自己的父亲知道我的存在。或许，在教科书上写上名字并不会引起父亲的注意，可什么事情都怕万一。万一落到父亲的手里，必然会带来极大的恶果。

"过来，在这里写上自己的名字！"

房东特意从房间里取来了一支笔，一边递到我的面前一边说道。

"知道了，我立刻就写。"

我无奈地接过房东手里的笔，却怎么也不想写下自己的名字。就在我要下笔，写出第一个字"岸"的瞬间，眼前猛然出现了父亲那魔鬼般狰狞的面目。

如果这本教科书再次丢失，万一落到父亲的手中，我将无处躲藏。父亲会立刻赶来，把我和我的母亲一起带回家中。作为惩罚，母亲无疑又要遭到父亲的一顿毒打，我也会毫不留情地受到父亲铁拳的制裁。

为了不致遭到这种厄运，我在自己的所有物品上都不曾写上自己的名字。有时必须向老师提交的作业笔记，不得不写名，我就故意把字写得很小，甚至用放大镜都很难看得清楚，为此我还曾受到老师的严厉斥责。

"不，我绝不在书上写名字。"

我大声喊叫着，在教科书封面上胡乱画了几笔，随后把书抛在一边，不顾一切地跑了出去。那时，我的脑子里一片空白，近乎有些精神失常。

由于出来时没有穿好鞋子，刚跑出公寓大门我就摔倒在了地上。这时，一旁的关西先生见势不妙，赶紧从后面追赶上来，把我扶了起来。

"算啦，算啦！不愿意写就不写吧，随便你怎样，总算可以了吧?"

关西先生把我拽到公寓砖墙一侧，让我在墙根附近坐了下来，随后自己也坐在了我的旁边，从口袋里取出了一支皱皱巴巴的香烟，一边点着火一边和蔼地说道。

"不愿意写就不写吧。可是我要问一问，你不愿意在书上写自己的名字，有什么理由吗?"

不知为何，关西先生开门见山，直接问到了我一直隐藏在心底的秘密。在此之前，我从未对公寓的人提起过，现在我却一口气说出了所有事实真相。

"噢，原来是这样！小基树的父亲怎么会如此凶狠?"

听完我的故事，关西先生感到很难过，忍不住自言自语道。我一边擦着眼泪，一边默默地点了点头。

我的父亲在一家大银行工作，说起来论家庭出身或者论学历，都让别人佩服得五体投地——可唯独他性情暴躁，发起脾气来动辄对我和母亲大打出手，施以暴力，是一个十足的无赖。听母亲说，他们两个人结婚不久，父亲便开始显露出暴力倾向。到我三岁时，父亲的这种暴力行为更是有增无减，达到了无法控制的地步。据说他在外面和同事也时有矛盾，对此我更是不得而知。

"靠打骂老婆孩子取乐，这种人毫无可取之处。"

听我说完，关西先生愤怒地说道。

在躲进香园庄之前，我住在父亲的银行宿舍。崭新的楼房，既宽敞又明亮。楼房建筑是钢筋水泥结构，有着良好的隔音效果，是一个安静舒适的地方。

可是幸福的生活，离不开幸福的家庭……

每当父亲施暴时，年幼的我总是被吓得号啕大哭。但我的声音传不到隔壁的邻居家，也没有人能来救我。公寓的铁门，将这个家庭与外面的世界彻底隔绝。或许即便是有人听见了，也未必愿意前来相助。

那时，母亲在附近既没有亲戚也没有朋友，甚至没有一个临时避难的场所。母亲和远在家乡的娘家人商量，却被说或许是母亲和我的不是，以致让丈夫发这么大的脾气。按照母亲的父母——就是我的外祖父母的说法，做妻子的要学会忍耐，必须无条件地服从丈夫。那时的老一辈人，多数还持有顽固的保守观念。

无奈，母亲给自己学生时期的同窗写了一封信，诉说了自己的困境。最终，经那位同窗介绍，我和母亲瞒着父亲搬进了香园庄。香园庄乐于助人，为有特殊隐情的人提供住所，在这一带颇有名气。

"看不出来，你这么小年纪，也经历了那么多波折呢。"

坐在一旁的关西先生，一只手用力地抚摸着我的头，忍不住说道。

"听了你的话，我也很想为你做点儿什么。可是除了表示同情以外，我真的无能为力。"

现在回想起来，在一个孩子面前说这些话，似乎没有任何意义。可对关西先生来说，似乎是在通过诉说自己的感受，表达内心的一份诚意。

"唉，我要是有钱有势，也不会眼看着让你受这么大的痛苦。"

有钱有势？对于我来说，那似乎就是天上的白云，可望不可即。我不愿意在人面前留下自己的姓名，目的就是逃出父亲的视线。

就在这时，只见一个人穿过公寓围墙的正门，跑进了香园庄。

"基树！"

听到有人呼唤我的名字，我抬起头，看到母亲穿着一身工作服跑到我的面前。

"房东把电话打到工厂……说基树出了事。"

感谢房东的好意，那时我恨不得母亲立刻能回到我的身边。

"出了什么事？……为什么哭？"

"妈妈！"

我一下子扑到了母亲的怀抱里——这时，我看到坐在一旁的关西先生，睁大了双眼呆呆地望着我的母亲。

关西先生那呆如木鸡的表情究竟意味着什么？是惊讶？还是受到了冲击？抑或是茫然不知所措？

其实是什么，对我来说都无关紧要。


"你的母亲，还真是个大美人儿呢。"

几天后，一个偶然的机会，我听关西先生这样说道。

"能够对这么漂亮的女人下手，不瞒你说，你的父亲也太残忍了……他简直就不是人！"

看起来，关西先生似乎对母亲抱有好感。可遗憾的是——母亲当时还没有和父亲离婚，仍是有夫之妇。尽管不堪家庭暴力离家出走，却尚未脱离夫妻关系。

如果是现在，或许可以躲进政府的专门机构谋求法律援助，总可以找到一条出路。但是在四十五年前，那就好似天方夜谭。当时有关保护妇女儿童的法律并不健全，"家庭暴力"这一概念也还没有得到社会上的认可，对妻子实施暴力被看成是夫妻之间吵架，虐待子女甚至被当成是对孩子的教育。

"我是说，如果你的父母离婚，你的母亲说不定会同意和我交往……你说说，有没有这种可能？"

不知为何，关西先生突然对我提出了这样的问题，对此我却无言以对。毕竟那是母亲的事情，作为儿子的我是无法想象的。

尽管如此，受到关西先生那坦率性格的感染，我依然做出了自己的答复。

"我怎么会知道……可是，我听到过这样的故事，说是被恶龙拯救了的公主，却和降伏恶龙的骑士结成了伉俪。"

听了我的话，关西先生的眼睛里顿时闪烁出灿烂的光芒——即便如此，事态却并没有如其所愿地迅速发生转变。同时，我所期待的形势变化，也同样需要翘首盼望，等待着时机的进一步成熟。

是的，那要等到露天市场迎来风铃销售的另一个旺季。


# 五


我和母亲搬进香园庄一年以后，昭和四十五年的一个盛夏——整个社会的焦点都集中到了自三月份开始在大阪召开的日本世界博览会上。电视屏幕上每天大张旗鼓地报道大会盛况，我的小伙伴中有不少人都趁暑假全家出动了。

回想起来，那时真的是举国欢庆，喜气洋洋。就在这上下一片欢腾的日子里，伴随着小巧风铃的响动，香园庄迎来了一位稀客。

　　第一个见到这位稀客的人，便是我岸田基树。当时我正在附近的公园玩耍，无意中有人走过来向我打听路。

　　"喂，小朋友，请问……听说附近有一个叫相园庄的公寓，你知道怎么走吗?"

　　那个人上身穿一件半截袖白衬衫，脖子上系着一条领带，看上去三十岁左右。他一头短发，端庄的脸庞如雕刻一般，显得十分精明强干。

　　"那个公寓不叫相园庄，那里的人们都叫它香园庄。"

　　我回答道，故意打着岔，不想让他知道自己就住在那里。

　　我本来只想为他指一下路，无奈中途要经过好几个岔道，最后只好亲自领路，带他去了香园庄。平民区的道路就像是迷宫，单凭嘴说很难说明白。

　　途中，我忍不住说出了自己的秘密……告诉他我就住在香园庄，只见那男子听了以后猛地瞪大了眼睛，迫不及待地问道:

　　"那里是不是住着一位叫小山喜美枝的，腿脚残疾的女人?"

　　听到他嘴里说到喜美枝小姐的名字，我不由得吃了一惊。我原以为他是来找房东办事的房客。

　　我告诉他那儿的确住着这么一个人。他听了以后脸上不禁露出了笑容，高兴地点了点头。那笑容看上去是那样的惬意。

不一会儿，我俩一起走到了香园庄。他在公寓门前停下脚步，开口对我说道：

"能不能请你通报一下小山小姐，就说有一个姓立原的人来找她？……如果小山小姐不愿意出来见我，我会就此告辞。"

这时，我终于想起来——这个人，或许就是本间阿婆所说的，喜美枝小姐的那位男友？

我本不想再继续介入下去……可不知何时，房东从房间里走了出来，于是我不得不老老实实地接受客人的嘱托。

"您是哪一位？"

"我是小山小姐的朋友。"

我一边听着背后房东和那个男子的谈话，一边向喜美枝小姐的房间走去。

"立原先生？"

接到我的传话，喜美枝小姐惊讶地喊出了声。这时我发现，喜美枝小姐的眼睛里流露出喜悦的目光。说起来，这种感受似乎与你是大人还是孩子毫无关系。

"你去告诉他，我马上就来。"

我跑下楼，如实地转达了喜美枝小姐的回话。无疑，听到我的传话，那个男子的眼神当中同样露出了惊喜的目光。

不一会儿，耳边传来一阵独特的脚步声，喜美枝小姐慢慢地走下了楼梯。

让我无法理解的是，既然是重要的客人，喜美枝小姐为什么不把客人请到自己的房间，偏偏要在门厅见面？或许，那时喜美枝小姐并没有打算让对方在此久留吧？

"喜美枝！"

看到喜美枝小姐从楼梯上走了下来，立原先生立即激动地喊道。

房东事先似乎已经安排妥当，此时的立原先生正坐在公共厨房里的一张圆凳上。这里是公寓房客们互相交流的场所，相当于香园庄的活动室。

"奇怪，你怎么知道我在这里？"

喜美枝小姐在立原先生对面的一张椅子上坐下，问道。

"我也不敢相信……不敢相信喜美枝真的会在这里。"

随后，立原先生把从没有任何信息，到如何得知喜美枝小姐的音讯，又如何来到了香园庄的经过，从头到尾仔仔细细讲述了一遍——老实说，立原先生的话任谁听了都会觉得不可思议。

据立原先生说，两个星期前，他因为工作去过一次浅草。在抄近道穿过浅草寺院时，熙熙攘攘的游客当中，立原先生猛然间仿佛听到了喜美枝小姐的欢笑声。

他急忙转过身四处张望，可是并没有看到喜美枝小姐的身影。而此时，展现在立原先生眼前的，是门前挂满玻璃风铃的露天市场。

像是被那一排排的风铃吸引着，立原先生来到了一家商铺前。在众多的风铃中，一只上面画着几株水草，还有几条小金鱼在水中游荡的玻璃风铃，引起了立原先生的注意。这金鱼的绘画手法，对立原先生来说是最熟悉不过了。

据介绍，喜美枝小姐原本梦想成为一名插画家，并且对花鸟鱼虫之类的题材情有独钟。毫无疑问，自己曾经的男友，对自己的作品自然已经熟悉非常。

立原先生立即向店铺的主人打听起风铃的供货厂商。最初店主人还故意推辞，待立原先生一股脑儿买下了三个风铃之后，店主人终于说出了位于浅草桥的批发商。立原先生由此顺藤摸瓜，查明风铃的流通渠道，终于找到了向喜美枝小姐下发订单的生产厂家。

"好厉害呀……我看没有点儿毅力，是不可能走到这一步的。"

不知何时，关西先生也从自己的房间里走了出来，颇有感触地说道。

关西先生来到公用厨房，故意装作冲泡速食冷面。看来是外面的对话引起了他的兴趣，一个人在房间里坐不住了。

"喜美枝！为什么也不打一声招呼，就独自离开了？"

讲述完寻找喜美枝小姐经过，立原先生转过身对喜美枝小姐说道。

接下来两个人的谈话，外人在场不知是否合适。我看了看四周，虽然房东装作在清扫门厅，关西先生依旧装作在冲泡速食冷面，但两个人都竖起耳朵保持着安静的聆听状态。我也顺手抄起了一本旧漫画，坐在台阶上装着看起了书。

根据立原先生和喜美枝小姐的对话可知，事实正如本间阿婆所说，由于立原先生的父母不满意喜美枝小姐的身体情况，导致两人之间立起了一个巨大的屏障。为了不让夹在父母与自己中间的男友为难，不久，喜美枝小姐主动离开，躲进了香园庄。

"喜美，你怎么能如此草率？这么重要的事情，怎么能自己就做了决定？……你都不考虑一下我的感受吗？"

立原先生大声斥责道。

"好样的！"一旁的关西先生自言自语地嘟囔着。

"光男先生的心情我非常理解，我表示由衷的感谢……可是我又有什么办法？而且我的确不能生小孩儿，父母不愿意也是情有可原。"

听了喜美枝小姐的这番话，我的脑子里立刻浮现出美国战斗机擦着地面超低空飞行的情景，紧接着，便是朝四处逃散的人群喷射火舌的机关枪——

——战争，真的很残酷！

我双手抱着一本旧漫画，咬紧了牙关。如此善良的喜美枝小姐，为什么不能和自己的心上人一起生活，至今还要为战争忍受着如此巨大的痛苦?

我心里正想着，房东突然提出了一个让所有人都感到意外的建议。

"对不起，你们的不幸我们都听到了……我觉得，你们不如就此远走高飞，怎么样?"

在场的所有人，不约而同地把目光转向了房东。

"总之，不是说这位小伙子的父母不同意吗? 如果真的没有其他办法，两个人索性私奔，我看也不失为上策。"

"您怎么能这么说呢?"

喜美枝小姐一脸抗拒，立即提出了反对意见。

"立原先生的父亲经营着一家公司，立原先生有义务继承父亲的事业，我绝不能同意他抛弃家业和我私奔。"

"不，喜美枝，这位先生说得对，既然如此，我们就一起走吧!"

立原先生表示同意房东的建议。

"光男先生，你走了，你父亲的公司怎么办?"

"我还有两个弟弟，他们总会有办法的。"

"那怎么行? 光男先生，你知道自己在说些什么吗?"

见立原先生和喜美枝小姐争执不休，房东在一旁打断了俩人的谈话。

"对不起，我想请你们二位看一样东西……对啦，顺便也让基树

香园庄的回忆　**145**

看一看。”

说着，房东转身回到自己的房间，不大一会儿工夫又从房间里走了出来，怀里还抱着一沓陈旧的笔记本。

——难道说……那就是竹尺阿婆所说的“秘密手账”吗？

房东把一沓笔记本放在桌上，我不禁好奇地走到桌子旁，只见笔记本封面上用漂亮的字体写着一些字，当时的我还不能完全看得懂。

“这是昭和二十年五月，这个地区遭到空袭时的死难者名单。”

说着，房东将笔记本递到了在场的每一个人手中。那笔记本看上去年代已久，我小心翼翼地翻开了封页。

主人将笔记本的每一页大致分为三四个部分，上面记录着人名和一些表示年龄的数字。有些无法确定的内容便画上问号，有一些人名用红色铅笔反复修改过。

“太平洋战争结束前夕，这个地区遭到美军的空袭，几乎全部毁灭。当时，我在街上经营着一家书店兼售一些日用杂货。那次空袭中令我失去了我所有的家人。”

据说当时空袭异常猛烈，居民多半在空袭中被炸身亡。区政府也被全部烧毁，死亡人数无法统计。

“战争结束后，我从避难所回到家，这里成了一片焦土，找不到一丝往日的痕迹……人们把尸体埋在了一个大坑里，连一座像样的坟墓都没有。”

最让房东感到痛心的是，战争死难者仅用一些数字呈现。死亡数千人——以此了结死去的亲人，对于死者来说，未免让人感到过于悲哀。那些在战争中的死难者，他们作为普通的人，也曾有自己的姓名，也曾是几多欢乐几多愁，现如今却落得如此地步……

从那一天起，房东便开始记录起死难者的名字。最初他仅凭着自己的记忆，接着再向一起从避难所回来的人一点一点地打听，把在空袭中失去生命的人的姓名、年龄，一个一个地记录在了笔记本上。

"基树，记得我曾经对你说过吗？在人面前写出自己的名字，就好比是在对世人表明，那个人依然存在……或者说曾经存在于这个世界。因为它就像是一个人的记号，在这个世界上独一无二。"

那之后，越来越多的人听说房东在记录死难者的名字，便主动赶来向房东提供信息。他们同样不希望自己的亲人离开的时候仅仅是一堆数字，那让他们感到悲哀。

如果可以的话，房东希望将来能够为死难者立起一座纪念碑，将他们的姓名一一镌刻其上。那些怀念死难者亲人的人，自然对房东产生了敬慕之心。正如本间阿婆所说，不知为何，这一带的人都对相园先生偏爱有加，个中奥秘就在于此。

"像这样，记录着死者的名字……不时地，也会让我想到一些不着边际的事情。今天的这个世界，看似是我们的，其实不过是死者托付给我们的。生命也是一样……自己的生命，并非属于自己，其实也是无辜的死者寄托给我们的。所以，我们没有权利不享受人生的幸福。"

听了房东的一席话，我感到一阵钻心的疼痛。

是的，我们的生命——无疑都是那些"意外地死去"的人赋予我们的。因此，我们没有权利无视它，更不应利用它仇恨甚至是伤害他人。

"如果同意我说的话……就请你们携起手来，一起远走高飞。不必担心，父母早晚会原谅你们的。因为，没有父母不希望自己的儿女幸福。"

说着，房东拉起立原先生和喜美枝小姐的手，将他们紧紧地握在了一起。

"不过，我这里有一个条件……如果你们同意私奔，今后只有一条路，那就是共同努力，绝不能辜负大家的期望。海枯石烂，无怨无悔。如果你们起誓，便可远走高飞。"

听了房东的话，喜美枝小姐不禁泪如泉涌。


# 六


时光流逝，距彼时已有四十五年。不觉中，我已变成一个五十多岁的寻常中年男子。那个地区也已经发生了天翻地覆的变化，香园庄早已不见了踪影。

说起来，我也该给自己的回忆画上一个句号了——在立原先生到访的数月后，喜美枝小姐和立原先生两人果然手牵着手私奔了他乡。临行前，他们也做了最后的努力，试图说服父母同意这桩婚事，可遗憾的是，两个人的愿望始终没能得到父母的理解。

幸运的是，立原先生的两个弟弟在得知哥哥的计划后，对哥哥的行动表示了充分的理解，并且给予了大力的支持。后来，立原先生父亲的公司由他两个弟弟继承——这里不便说出公司的名称，该公司作为行业翘楚至今仍为社会做着重要的贡献。

再后来，喜美枝小姐二人的情况如何，我已无从知晓。只是在一个极其偶然的机会，他们再一次出现在了我的眼前。一次我打开电视机，无意当中看到一个介绍新兴企业创业人士的访谈节目，画面中出现的那位创业者，就是我所认识的立原光男。不仅名字完全一样，那爽朗的笑声和那端庄的面孔，更是让我确信无疑。

节目中，立原先生讲述了他走过的创业道路，其中还特别介绍了同他一道建立起幸福家庭的喜美枝小姐的照片。据说，喜美枝小姐五十几岁就走完了她的人生。由于两个人曾经那么相亲相爱、相濡以沫，因此妻子离开后，立原先生始终没有再婚。

说起再婚，就不得不提到我的母亲。母亲在三十几岁时重新建立了家庭，不过对方并不是关西先生，而是当时在同一家医院工作的一位同事。

然而关西先生的存在，却让我们母子二人终生难忘。

事情还得从头说起。那一天，听了房东的一席话，关西先生同样深有感触。他决意要找回自己的幸福，并且开始为此付诸行动——他所做的第一件事，就是劝说我的父亲，还母亲以人身自由。

为此他找到了我的父亲，多次当面交涉要求他和母亲离婚。由于我当时年龄尚小，详细情况不得而知，只听说因为一些具体条件双方出现严重分歧，致使谈判陷入僵局。

最终还是父亲让步，同意在离婚证书上签了字。遗憾的是，母亲并没有得到赔偿金，只是在母亲再婚之前，父亲答应支付我的抚养费。

至此，关西先生已经为母亲办理好了所有离婚手续——可同样遗憾的是，恩情与爱情完全是不相干的两码事。对关西先生释放出的善意，母亲给予了无情的回绝。也就是说，关西先生最终没有能够成为我的父亲。但其实，当初关西先生的本意，也并非希望以恩情换取对方结婚的承诺。

在喜美枝小姐和立原先生私奔大约一年后，我和母亲也搬出了香园庄。临别前，在和关西先生告别时，关西先生对我讲述了他离开大阪，只身一人来到东京的经过。

据说，关西先生在和我一样大的年龄时，大阪也曾无数次遭到美军的空袭，他的两个双胞胎兄弟也因此在空袭中丧生。

那段不幸的遭遇，在关西先生的心中留下了不可磨灭的创伤。不久，大阪迎来了世界博览会，整个城市沉浸在一片喧闹之中。面对这突如其来的变化，关西先生感到自己很难跟上社会的脚步——他无法适应人类的进步并与其和平共处……

就这样，他只身一人来到了东京。据那天房东先生的介绍，最近关西先生受伤的灵魂仿佛终于得到了解脱。尽管遭到了母亲的拒绝，可那一次的经历，似乎也给关西先生带来了希望，让他鼓起了勇气。

那之后，我和母亲就一起搬到了地方的小城市，从此便与关西先生断了联系，也不知道他现在怎样——但我相信，关西先生走到哪里都会受到大家的爱戴，过着幸福美满的生活。

后来，我和房东相园先生见上过一面。那是在母亲再婚的庆祝会上，房东不远千里赶来为母亲祝贺。当时我已经上中学，房东见了我高兴得两只眼睛眯成了一条缝，那情景让我至今难忘。

"基树……你也要像喜美枝小姐的丈夫那样，早日成为一个能够识别风铃声音的人啊！"

那一天，相园先生喝了酒，借着几分醉意，他当着大家的面对我说道：

"世界变得一天比一天喧嚣，风铃的声音却始终没有消失。人们一味地追逐电闪雷鸣，却不愿意聆听细小的铃声。他们以为有钱有势就有了一切，却对风铃的声音充耳不闻。照此下去，社会将不再有希望。基树，我衷心希望你，长大以后无论从事什么工作，都能够细心地聆听风铃的声音。从那细小的铃声当中，听到别人的疾苦，听到别人的惆怅，听到别人的心酸。"

如此谆谆教诲，让我从内心感到不安——我不知道自己能否不负其望。

想到这里，我的眼前再一次浮现出香园庄的旧貌，以及那里的人们和善可亲的笑容。

前边已经说过，香园庄已经不复存在，那一带早已被整备规划，不久将建起一座大型的公寓住宅。人们心中那暖融融的公寓形象已经荡然无存。

在距离那座公寓三百米远的地方，建起了一座美丽的公园。公园绿茵的一角，静静地竖立着一座纪念碑，纪念碑上铭刻着战争末期在空袭中遇难的死难者的名字。

纪念碑的背面，记录着纪念碑发起人以及赞助者的姓名，他们大都是些地方议员或者有权势的人士。而在它的下方，区区几个小字刻着相园先生的名字。

这不免有点让人失望，可房东却似乎不以为意。他为自己的名字同心爱的妻子、儿子的名字镌刻在同一块石碑上而感到由衷的欣慰。

记得曾听本间阿婆说起过，房东由于一些原因暂时和家里人分居生活——从那个时候起他就始终坚信，总有一天自己还会和家人重新团聚。

回想起来，那清澈悦耳的风铃声总会在我的耳畔响起。我相信，即便在今天，那天籁般的铃声仍在天空中回荡着。

每当我听到那清脆的风铃声，香园庄的旧貌就会再度浮现在我的眼前。

# 宝存，我爱你

或许，你只是出于本职才如此努力——可是，只要看到你的笑脸，我瞬间便全身热血沸腾，精神振奋，欣喜若狂，可随后又会感到一丝孤独和寂寞。

我从未经历过如此剧烈的情绪变化。我的心，如同大海中的波涛一般汹涌澎湃。

我曾坚信，那便是情感的萌动，是爱情的萌芽。可是这样跟人说了以后，却会招来他人的嘲笑。他们都说像我这把年纪，只会被人当成愚弄的对象，或是唱片公司骗钱的靶子。

或许，的确像大家所说的那样吧。

聚集在你身边的那些人或许都是一群白痴，抑或只是为了你随时准备慷慨解囊的一群人肉 ATM 机。

可是——

即便如此，也没关系。

只要我的存在能够让你感到快乐，就算为你付出一切也在所不惜。

或许，你并不知道我的存在，可那并不重要。重要的是，我每天都能看到你那欢快的笑脸，如此便足够了。

只要能看到你的笑容，就是我们这些同好最大的幸福。

毋庸置疑，你的笑容的确有如此的魅力。有人借此炒作，说那都是整形的结果。可我却觉得，他们的那些话毫无意义。因为你的笑容给人们带来了无限欢乐。

所以，无论怎样被人指责，也无论怎样让人笑话，我都会毫不犹豫地大声说出这句话：

宝存，我爱你。


# 一


我不知道，一个男人可以"任性而为"到多大年岁。上学期间还好说，可一旦进入社会，恐怕就很难想象了。

即便如此，对此也没有一个明确的年龄界限。

我本人极其厌恶那种呆板的交际方式。因此，我也会不时地任性一下。可毕竟自己已经是四十好几的人了，头发也开始变得稀疏，用你们国家的话说，就是所谓的"大叔级"人物了。

宝存啊，说起来，我大约是在两年前认识你的。

或许在你看来，两年的时间并不算长，可是在那段时间，却发生了许多意想不到的事情。

两年期间，你所在的"普里西拉"演唱组合曾经发生两次团队成员离队事件，饱受质疑，一度被传"解散危机"。幸好组合抵抗住了这次风波，至今仍然活跃在舞台上，听说不久还要计划再来日本做巡回演出呢。

原以为你们与日本经纪公司的合同已经到期，就再也不会像以前那样来日本演出了。所以，得知这一消息后，着实让我喜出望外。

在认识你以前，我对任何国家演唱组合的"偶像歌手"都没什么兴趣。即便格外欣赏他们的歌曲，也从来不关心那些歌曲出自哪位歌手，既没有被他们的外表所吸引，也没有把他们当成自己崇拜的偶像。

回想起来，我上中学还是上高中时，也出现过一些新人偶像，当时他们为方便面做广告宣传。记得我和同学一起去电影院，看过他们出演的电影。

其实，我都是出于无奈，被同学们硬拉着去看的。那时的我认为只有脑子里进了水的人，才会去盲目追星呢。

我的这种观念，甚至一直延续到今天。

在我看来，出现在电视或者电影里的那些人，都来自外星世界，为了他们而太过浪费精力，是一种病态的表现。

要知道，无论你对对方多么迷恋，你们之间也不可能产生感情，甚至连成为好朋友也不可能。大概率是一辈子也见不到其本人的。虽然"偶像见面会"令见面成为了可能，但是你和对方之间的距离之遥远，却是永远也无法改变的。

因此，单凭对方的外表，或者所谓的个性，就为他痴迷，绝非理智的表现。说起来，演艺明星的出现不过是种流行风，刮过之后就会销声匿迹——至少在认识你之前，我是这么想的。

宝存，我还清楚地记得第一次见到你时的情景。

当然，那时见到的并不是你本人，而是电视机里的你。当时，那种奇妙的感受，让我至今记忆犹新。

故事发生在两年前的二月份，一天，我被邀请到中岛家吃晚饭。

中岛的全名，是中岛佳代子，她是我中学时期的好友。就是那种不涉男女感情的好朋友，所谓的"君子之交"。其实，她经历过两次失败的婚姻，对男人早已不再抱任何希望了。她长得眉清目秀，可是在我的意识中，从来也没把她当成过女人。必须承认，世界上真的存在这种男女之间的交往方式。

话说回来，那天晚上，我应邀到中岛的公寓吃晚饭。当晚的饭菜我已经记不太清了，记得大约是涮猪肉或者是鸡肉杂锅之类的，总之就是家常火锅。

其实，那天正赶上中岛的独生子乔过生日。通常这时，中岛一家一定要在家里吃晚饭，这已经成了中岛母子之间不成文的规定。

中岛儿子过生日，我这个毫不相干的人被请来吃饭，似乎让人感到有些莫名其妙，却不知这其中另有隐情。要说中岛母子一家，经济条件并不富裕，即使是独生子过生日，轻易也买不起昂贵的生日礼物。不知为何，弥补这一缺憾便成了我应尽的义务。

"我说三园君，我家乔，今年最喜欢的可是任天堂的 3DS 呀！"

离乔的生日还有半个多月，中岛便打来电话，厚着脸皮提出了要求。

"噢，刚上市时的确很贵，现在已经降到一万块左右了。颜色嘛，最好是蓝色的。"

毫不客气地说，我没有任何义务给乔买这种昂贵的游戏机。我和中岛不过是一般的朋友，其实根本没有必要为她儿子送生日礼物。

但是，我特别喜欢乔这孩子。乔过生日我不做点儿表示，想起来也觉得对不起他。再者，中岛确实希望我能给孩子买些他喜欢的东西，因为她总是把重点放在服装或者学习用具等日常必需品上。对一个小男孩儿来说，这些东西引不起他半点兴趣。

因此，我才按照对方的要求，带上游戏机，应邀前来参加中岛家简单的生日宴会。

言归正传，那天晚上，我第一次在电视机里见到了你。

那时"韩流"正盛，电视机里韩国的偶像组合及明星的节目随处可见。韩国电视连续剧也在地面数字电视和卫星电视热播，民众观剧热情高涨。有人说那都是人为制造的韩国热，我却不以为意。

总之，靠着这股韩国热，我第一次知道了在日本也颇有名气的"KARA"和"少女时代"。当然，还有在那之前备受追捧的《冬季恋歌》中男主角的扮演者裴勇俊。

话虽如此，但这些并没有引起我多大兴趣。初见KARA时，我的确为她们那迷人的舞姿感到惊讶。可是除此之外，我就没有其他特别的感受了。

那天晚上，中岛打开电视机，无意中将频道对准了BS卫星电视台。受"韩流"的影响，当时电视机里正在播放韩国的《音乐主题公园》节目，屏幕上还附带了日文字幕。

"这是韩国的音乐节目，里面有我喜欢的歌手，就看这个吧！"

那时，中岛似乎完全陷入了韩流的漩涡当中，尤其偏爱一队男子演唱组合。见此情形，我和乔互相看了一眼，却又没有特殊的理由反对，只好一边吃着火锅，一边跟着看起了电视。

"你不觉得，韩国的电视节目看起来很令人伤感吗？有点儿回到小时候的感觉。"

听中岛这么一说，我点了点头，心里却想着，与其说电视节目令人伤感，不如说歌曲本身更容易唤起人们的怀旧情结。

必须指出的是，我并没有打算贬低韩国音乐过时或者落伍。我不知道应当如何解释，我的意思是说，那些歌曲很容易就让人想到儿时熟悉的旋律。就像BS卫星电视台《全音乐》节目当中的三分半①音乐，或是民歌民谣，都让我感到格外亲切。

"不错，很有意思！"

"当然啦！"

平时，我很少看这类外国的音乐节目。那天，屏幕上播放的是实况转播，歌手都是陌生的面孔，似乎给人一种全新的感受。只是中岛所期待的男子演唱组合（这里不说它的名字），在我看来却有些令人失望。

随着一阵高潮，整个节目开始接近尾声。这时，在一阵急促的麦克风引导下，一队靓丽的女子演唱组合"普里西拉"登上了舞台。

她们演唱的曲目是伴随着鬼步舞的《Love-Dig》(《受宠若惊》)。据介绍，"普里西拉"演唱组合由七位歌手组成，可那天只有六位歌手上场(后来我才得知，云明因病在医院里疗养)。

老实说，当时我对她们的第一印象非常一般。

那时，我只是对韩国的流行歌曲感到好奇，对上场的歌手并没有特别的关注。在我眼里，歌手们的动作表情都千篇一律，身材相貌似乎也都相差无几。

---

① 三分半，即最早黑胶唱片单面的时长。

但是有一点让我感到印象深刻的是——你的形象几乎很少出现在屏幕上。

开始时，我还以为那完全是出于偶然。可是一旦感觉到不对头，就越发放心不下，觉得似乎有人故意把你排斥在镜头之外，感觉的确有些不公平。

"你看那个女孩子，总是被排斥在镜头之外……她不也是组合成员吗？长得倒也蛮可爱的，为什么会这样？"

我心里担心着，便问一旁的中岛。中岛一副很在行的样子，回答道：

"噢，你是说她吗？也许是个子矮的缘故吧。"

"个子矮就要受到排斥吗？"

"在韩国，个子越高腿越长，就越受到观众的欢迎，比如说服装模特儿。你看她那么矮的个子，长得再好看也只能是个陪衬。噢，我可不是在说你呀！"

说着，中岛哈哈大笑了起来，我却很不开心。倒不是因为我无意中被中岛捉弄了，而是觉得这个事情明显存在着歧视。

——我看那个女孩子，也在尽心竭力地表演呢。

是的，你的确在全力以赴。你身上披着一件蓝底镶红星的斗篷，把那吃力的鬼步舞动作表演得轻松自如，面对观众也始终保持着微笑。

尽管如此，有人却以不合大众口味为由，轻易地把你排斥在镜头之外——面对如此露骨的歧视行为，我怎能一笑而过？

在日本，有一句话叫作"楚楚动人，惹人怜"。

我不清楚这句话的准确出处，它的大意是说，对不幸的人表示同情，于是内心便产生了怜悯甚至是疼爱。

在乔生日宴会的那个夜晚，从电视上第一次见到你的身影，我便开始对你产生了浓厚的兴趣。老实说，我的确被你那楚楚动人的容貌吸引了……这也是我心生怜爱的原因之一，于是我越发希望能对你有更多的了解。

为此，那之后不久，我在自己的房间里，也将电视频道对准 BS 卫星电视台，打开了《音乐主题公园》节目。为了确保万无一失，我还设定了录像装置。

《音乐主题公园》按照歌曲排行榜顺序，和上个星期一样，开始轮到你所在的"普里西拉"演唱组合出场。因为是压轴节目，《Love-Dig》一定特别受到观众的喜爱。

也就在那时，我才第一次得知，你所在的演唱组合名叫"普里西拉"。那天，你仍没能在电视屏幕多露些脸。更让我感到奇怪的是，这首歌原本由每位歌手分别担任领唱，可是在你担任领唱时，不知为何却出现了另一位歌手的特写镜头。

——难道说，真的是有意为之？

我心里想着，看来这绝不是我在小题大做。

这时，我不由得联想起自己上小学和中学时的情形。

那时，我自以为付出了很大努力，可偏偏得不到老师和同学们的认可。老师总是会把聪明伶俐、嗓门洪亮、性格突出的同学排在最前面，把那些不被人看重的学生安排在不起眼的角落。我本人就属于不被人看重的那一类……

再怎么说，你好歹也是登上电视舞台的明星，怎么能和我一个无名小卒相提并论呢？——但从你在电视节目里所受到的待遇，联想到我自己的经历（无疑，现在的自己同样如此），便不禁让我为之心动了起来。当时并不觉得有什么荒诞的，只觉得我们同命相怜。

后来，我上网查询，收集到了大量有关"普里西拉"演唱组合的宝贵资料。不愧是网络世界，各种各样的明星组合、著名歌手的背景信息应有尽有。

——于是我了解到，那个身材矮小的女子，她的名字叫尹宝存。

同时，我还第一次得知，"普里西拉"演唱组合成功在日本举办了首场演出，并且收获了大批日本粉丝。不久，我又发现了一些"普里西拉"演唱组合的粉丝网站，又进一步获得了有关"普里西拉"和你的大量资料。

根据网站介绍，2009 年 7 月"普里西拉"演唱组合在韩国成立，最初有六位成员，她们是宝存、俞智、秀荣、云明、孝琳和嘉敏，后来环林也加入了进来，成员变成了七位。"普里西拉"演唱组合首次在日本登台亮相，是在 2011 年 9 月。此前，日本的一个家庭餐馆举行过韩国食品展，"普里西拉"作为偶像代言人就受到过粉丝们的关注。在日本演唱的第一支曲目《Pop-Pop》（《大流行》），获得当日歌曲排行榜的第一名……如此等等。

之后，我就你的个人背景也进行过一番调查，结果让我惊讶不已。

你身材娇小，天生一张娃娃脸，因此我一直以为你在演唱组合中年龄最小，没想到你竟是大姐姐，今年已经二十六岁了。

一时间，我还以为是自己搞错了，毕竟你看起来还只是个中学生的模样。

不久后我又了解到，你从小就受到良好的艺术熏陶，父亲是韩国的著名歌手，母亲是著名的电影演员（据说祖父也是一名演员），出身艺术世家。

——可是，你为什么会遭受如此不公平的待遇呢？

可能是你受到了周围人的嫉妒？要么，真的只是因为你的个子小？——我绞尽脑汁苦苦思索。而就在那一刻，我已彻底成了你的忠实粉丝。

那以后我又转到了购物网站，准备寻找"普里西拉"演唱组合的音乐资源。

在购物网站上，我看到平台上展示出"普里西拉"演唱组合名目繁多的单曲和专辑。让我百思不解的是，韩国出售的"普里西拉"专辑，竟然比日本出售的"普里西拉"单曲还要便宜。也许是因为汇率的缘故，一张收录十几首歌曲的专辑售价仅一千日元左右。

遗憾的是，里面并没有收录我熟悉的那首《Love-Dig》。可如此便宜的价格，不妨也买一张回来听听。我一边想着，一边按下了购买专辑的按键。

就是这张专辑，我不知反复听了多少遍。MP3 播放器上带有播放记录功能，电脑上确认的结果是，每首歌曲的播放次数至少能有九百多次。


二


说了这么多，我不觉脑袋开始发涨了，下面不妨和你聊一聊我的身世，也好给自己发烧的头脑降降温。

记得你是演唱组合当中日语说得最差的一个，或许连我写的你都读不懂呢，那这些话就当是我略表心意吧。

四十多年前，我出生在日本埼玉县的一个小地方。

那个地方，即使我说出来你也很难想象。那个小地方距离东京的九段下（对了，就是武道馆所在的地方，记得有一年夏天你们在那里举办过演唱会），乘坐两趟列车大约需要五十分钟。那里并没有什么名吃，也不出什么特产，到处都是公寓住宅，住着很多人。车站周围有一座大型购物中心，附近还有一个大型百货公司。

别看现在如此，以前那里可是一片荒凉。

我小的时候，那儿是夹杂着稻田的一片荒野，偶尔可以看到几间零散的农舍，远处是一片沼泽地，四周是茂密的森林，看不到一条像样的公路，俨然一幅乡下的景象。

然而，四十年后的今天，那里的面貌则发生了天翻地覆的变化。

尤其是连接市中心铁路的开通，使我的家乡一跃成了备受青睐的城郊公共住宅区，小镇也变得日益繁荣起来。

为此，父母常说自己有眼光，年轻的时候就在这片土地上安了家，并引以为豪。那里的土地价格年年上涨，更让父母"尝到了甜头"。

和你的家庭不同，我的父母都是极其普通的日本人。

父亲曾经在一家小有名气的贸易公司工作，母亲是专职家庭主妇，家里只有我一个孩子，对此母亲似乎并没有感到遗憾。相反，在母亲看来，只要确保了传宗接代，与其说养活那么多孩子，还不如把钱用在其他方面，那样似乎显得更有效率。

母亲的这种想法乍听起来似乎合情合理，可是让她做梦也没有想到的是，家里唯一的一根"独苗"，眼见着已经四十出头，却还没有娶上老婆。在这方面，我也时常感觉到愧对于父母，可母亲的教育不当，也是导致这一结果的原因之一。

为什么这么说呢？众所周知，我的母亲是一位极好面子的女人。她说话办事生怕当众出丑，总是会把"不好意思""让人笑话""成何体统"之类的话挂在嘴边。

例如，小学一年级的时候，我和街坊的小伙伴们在附近的空地上玩打仗游戏。如果母亲恰巧从旁边经过看见，就会说："干什么呢？……这么大的孩子，成何体统？！"

若是担心孩子发生危险，这样说或许也还可以理解。因为有时我们也会挥舞着棍棒，从高处往下跳。可说那种游戏"不成体统"，却怎么也无法让人接受。六岁的男孩子，玩起打仗的游戏来总会忘掉一切。

母亲经常会这样。为此，与其说讨论孩子们是否被允许在一起做游戏，似乎先要说清楚孩子们做的这种游戏是否真的就"不成体统"。

除此之外，看见我在路边和同学们聊天，母亲就会说"让人家笑话"；我忘记做作业被老师批评，母亲也会抱怨"以后没脸去参加家长会了"；发现我在书店的书架前翻阅漫画，母亲更要指责"不成体统"，诸如此类。

到了我这个年龄，自然不可能把自己所有的缺点都归咎于母亲。如果那样的话，倒真是"不成体统"了。但我从小碍面子、害羞，可以说跟母亲的消极影响脱不了干系。

毫无疑问，任何人都有羞耻心。可是，小孩子必定思维简单，如果过早地要求他们"低调做人，说话办事不能太张扬"，他们又似乎很难做到。对于孩子的种种表现，做父母的不但不加以鼓励，反而说什么"过后想起来就让人害臊"，其结果势必束缚了孩子的手脚，令其寸步难行。

因此，我从小学三年级开始性格变得格外内向，在外人面前从不表现得张扬。见我这样，一向少言寡语的父亲有时也会对我说"友和似乎缺少点霸气，一点儿也不像个男子汉"，往往弄得我不知道如何是好。

请原谅我唠叨起来没完——就是说，我从小性格孤僻，做起事来谨小慎微。要说我胆小怕事，或者缩手缩脚，我似乎也无话可说。当然换个角度，要是说我为人谨慎、办事认真，则会让我感受到一丝欣慰。

我和中岛佳代子的初识，是在中学时期。

中岛和我来自不同的小学，中学二年级时我们被分到同班。我和她就是从那时起开始接触的，没想到这一来往就是三十年。

小时候，中岛颇受大家的欢迎。

中岛长得肯定算得上是眉清目秀，更为难得的是，不管对男生还是女生，她都是那么亲切可亲。不过现在回想起来，她似乎更受男人青睐。

　　或许你所在的国家也一样，中学二年级，情窦初开，男女生交往，谈情说爱成了学生间的热门话题。

　　更有 些人以男女之情为武器，巧妙地周旋于异性之间。说起来，中岛便是其中之一。其实，中岛也并非卖弄风情，只是和别的女人相比，她能够大胆地接近男同学，故意让对方生出一种异样之情。

　　有一次，中岛猛地从背后把我抱住，着实给我吓了一跳。要知道，当时我对女人可是毫无防备呀。

　　"喂，我说三园君，你的名字不是叫友和吗？你不觉得自己很遗憾吗？"

　　日本有一位著名的男演员，叫三浦友和，与一位超级歌星结了婚。我的名字和那位男演员只有一字之差。说实话就因为这个，上小学的时候我可是没少被人捉弄。

　　"其实……你长得可并不遗憾呀。"

　　中岛的意思是说，我长得并不像那位男演员。可问题是她一边说着，一边还用手摸了摸我的脸，就像是亲兄妹或是堂兄妹那样，我的心不由得一阵乱跳。

　　也就是说，中岛从中学二年级开始，就已经学会如何利用自身作为女人的这一武器了。她也知道，这样做可以使男人成为自己坚定的追随者。

同时，一些女生敏锐地发现了中岛的这一特性，并且开始合起伙来对她展开围攻。但她早已在那些长满青春痘的男生中小有名气了。

可我却没有为中岛表面的假象所迷惑。在我的意识中，自己从来就没有把中岛当成女人看过。

我自己也不知道究竟是为什么。或许，是母亲的"不成体统""让人笑话"的咒语产生了效果？抑或是，因为中岛和我之间原本就少了几分缘分？

其实，中岛似乎也感觉到了我对她的这种看法。因此，渐渐地，她不再向我暗送秋波了。或许，她也早已意识到，我这个人根本就不值得她动用女人的"武器"。

这样一来，我们之间反倒是无所顾忌了。中岛变得和我无话不说了，互相借书抄笔记也成了家常便饭。托中岛的福，我胆小怕事的性格竟然稍有改善。可另一方面，我做事谨小慎微的本性却依然坚若磐石。

不知为何，直到中学毕业上了不同的高中，我们之间的交往也从未终止。

有时在大街上相遇，我们还会滔滔不绝地聊起来没完。星期六下午，我们偶尔也会约好，在车站前的咖啡厅喝上一杯咖啡，交流一些各自的情况。现在回想起来，中岛几乎没有一个同性好友……取而代之，我便成了她唯一的异性色彩最为淡薄的好友。

因此，我不但知道中岛的第一个男朋友，还知道她初次体验的地点，甚至知道她如何迎接了第一次挑战（我不想听，可她自己却说起来没完）。我还知道，她毕业以后和公司的上级发生了关系，还做了人工流产手术。

既然已经了解得如此彻底，中岛显然不可能成为我的恋爱对象了。

大学毕业后，我成了某市的一名小职员。"三园君，祝贺你当上了公务员，从此以后吃穿不愁啦！如果你不嫌弃，我们结婚吧！"一天，中岛对我这样说道。虽然不知道她是否出自真心，但她这番话却让我十分惊讶。

"这个嘛，我从来没想过。"

"你是嫌弃我吗？噢，三园君，我看你也太没有度量了！"

"喂，我说……你可别把男人的度量看得太扁了。"

经我这么一说，从那以后即便是开玩笑，中岛也再没有提起过此事。尽管如此，我们就这样时不时地联系一下——人和人的交往，就是这么不可思议。

# 三

还是回来谈谈你吧。

自从我购买了韩国版专辑之后，"普里西拉"演唱组合就以惊人的魅力迅速地介入了我的生活。我说过，在此之前，我从来没有为了所谓的偶像花费什么精力。所以，起初我的确还有些不太习惯。

如果放在以前，我是绝对不会在这么短的时间，就把自己全身心地投入到一件事务当中的。

高中时期，我们能接触到演艺界人士的机会，除了电视就是杂志了。家庭录像机的普及，使人们得以将自己喜欢的节目录制下来反复观看。可说起来，那也只是个人的行为，不可能做到全社会共同享有。

如今，由于互联网的普及，人们在视频网站上可以随时欣赏到自己喜欢的节目，包括正式录制的 PV 宣传片，还有《音乐主题公园》节目以外的其他音乐视频，各种娱乐节目以及访谈录等等。从某种意义上说，网络视频堪称娱乐资源宝库。

从那以后，下班一回到家，我就会坐在电脑桌前寸步不离。

以前，我也没有什么特殊的爱好，要么坐在家里看电视，要么靠看租借的 DVD 光盘打发时间。

是的，以往如果有人问我的兴趣爱好，我只好回答"电影欣赏"。但其实，我并没达到狂热的程度，只是随波逐流、走马观花地浏览一番，也根本谈不上什么兴趣爱好。

更糟糕的是，这个世界原本就是由无尽无休的事务工作和无穷无尽的会议堆积而成的。我整天忙得不可开交，即使没有特殊的兴趣爱好，从早到晚地工作，同样可以在不觉之中度过几年甚至是十几年。

暂且不说那些——我每天在视频网站上搜索，找到了大量有关"普里西拉"演唱组合的视频资料，从中获得了极大的乐趣。

最初，我连"普里西拉"演唱组合的七位成员都分不清。渐渐地，我熟悉了你们各自的面孔，记住了你们的名字，我开始真正迷上了"普里西拉"演唱组合。

通过观看各种娱乐节目和采访报道，更加深了我对你们每一位成员的了解。记得你们在日本演出做自我介绍时，总会在开头加上一句能够代表你们各自性格特色的开场白，例如"我是魅力十足的性感队长""我又甜又酷""我是萌萌的小可爱"，等等。那些魅力四射的画面，着实让我百看不厌。

我还记得，你的个性开场白是"个子最小的大姐姐"，这让我一时迷惑不解。

或许，事实的确如此。但老实说，我并没有从你身上看出来一点儿大姐姐的样子。在演唱组合中，你就像是一个会说话的洋娃娃一般。甚至，你本人也对自己的人设不置可否。至少在视频里，我并没有看到你照顾他人或类似担以重任的动人场面。

——或许，你从小就是被娇生惯养的？

我这样想着，又看了一段视频，于是更加让我对此确信无疑。

那是一段常见的、清晨突击采访歌手集训宿舍生活的节目。在日本，这种突击采访多是在歌手们集中下榻的饭店里，在韩国则是在集体宿舍里。顺便说一下，韩国的艺人经常是以团队为单位，集体住在同一间公寓内，这也是我从那些视频得知的。

当然，类似这种活动，一般事先都会发出采访通知，否则真的会让歌手们措手不及——可即便如此，拍摄到你的床铺时，映入眼帘的却是一片狼藉，着实令我惊讶不已。这种"真实"的画面竟然也能够在网络上公开，似乎也只有韩国的娱乐节目才能做到。

画面中，你的床边堆满了可爱的布娃娃。说实话，你这个二十几岁女生（噢，拍摄视频时或许只是二十出头）的床铺，真是让人看了不禁大失所望。毕竟是和大家住在同一个房间里，至少也要考虑下其他人的感受吧。

通常有外人到来的话，事先总要收拾一番的。看似文文静静的女生，生活中却乱糟糟的，怎能不让原本美好的幻想就此破灭？

可令人不解的是，当时的我，却越发从你的身上感受到了迷人的魅力。

经常听到秋叶原大街上的年轻人看到美女海报时，称美女为"萌妹子"。或许，我在看到你的采访视频时，就是那样一种感觉吧——单纯，呆呆的，却又那么可爱。

是的，那一瞬间，我的心里萌发出了爱慕之情。

从那以后，我的生活发生了巨大的变化。

　　回想起来，这一切都是从在网上寻找你的照片、影像资料开始的。我在我的个人电脑中，创建了一个名为"宝存"的文件夹，里面存储着一些你的照片。照片的数量激增，文件夹立刻爆满。

　　我从中挑选出一张自己最喜欢的照片，设为了手机屏保，不时地拿出来欣赏一下。毫不夸张地说，我那时的心情，就像找回了自己的女朋友一样。

　　令人感到奇怪的是，从此周围的一切都变得那么让人怀念起来。早上上班的路上、办公室的四周、窗外的黄昏景色，仿佛都蒙上了一层银灰色滤镜，显得那样的温柔、清新。

　　所有这一切，不由得使我回想起自己最近的一次恋爱。

　　我清楚地记得，自己的上一次恋爱，是在我三十岁的时候。

　　那时，我所在的部门来了一位比我小四岁的女孩，我对她一见钟情。现在回忆起来，不知为何，我总觉得她长得和你有些相似。

　　因为在同一个部门，于是就和她有了更多接触的机会，我们也会聊一些工作之外的话题。我生来性格谨小慎微，自然不可能和她聊得太深，记得我们谈得多是些各自喜欢的电影或者电视剧之类的话题。

　　没想到的是，我对她的暗恋却在转瞬之间烟消云散了。

　　在为新职员举行的欢迎晚宴上，她无意中说出自己已经有了男朋友，两个人从大学就开始交往了。

世界上居然会有那么一种人，他们斗志旺盛，号称自己"不甘示弱，誓死也要争个高低"，而我恰巧不属于这类。无论怎样，她早晚也是别人的人，我又没有打算巧取豪夺，更不认为自己有什么天大的本领。

从那以后，我们依旧保持着一般同事的关系。两年后，她与那位男士幸福地结成了伴侣。如今，已是两个孩子妈妈的她仍坚守在工作岗位上。我和她不时还会在办公室打个照面。我也渐渐习惯了，在我眼中，她和其他同事一样，早已成了办公室里的一道风景。就是说，她最终也没能成为我永久的怀念。

从那以后，我就再也没有恋爱过。

母亲一直埋怨："怎么连个女朋友都找不着？真是太丢人了！"对此，我早已无感了。因为我知道，如果再这样继续听从母亲的摆布，我早晚会崩溃的。

那之后没几年，中岛决定离婚，还对我详述了离婚的经过。此后，我对女人、结婚彻底失去了信心。离婚的原因，是中岛的再度出轨。她对我讲述了事情的来龙去脉，这让我对她越发感到厌倦。

"怎么，不是说好两个人白头到老的吗？怎么没能为了爱情守住贞操呢？"

听我这么一问，中岛回答道：

"傻瓜，那些话只不过说说而已。要知道，爱情好比一团火花，虽然开始时只是一颗小小的火星，可一旦燃烧起来谁也抵挡不住。"

如此豪言壮语，注定要让中岛在爱情的泥潭里越陷越深。

与第一任丈夫离婚之后，中岛和比自己小四岁的出轨男子结了婚，他就是乔的父亲。然而，这段婚姻仅维持了不到两年的时间，中岛又离婚了，我不禁为她感到悲哀。

眼前这个"开放"的女人，让我再也无法相信伟大的爱情了——我感到身心俱疲。

刚才说过，这个世界原本就是由无尽无休的事务工作和无穷无尽的会议堆积而成的。

整天忙于工作琐事，也无需怎么动脑，无非得过且过而已。长此以往，一个星期、一个月、一年的时间转瞬即逝。到了年底回顾过去的一年，没出什么大事，也算是平平安安，倒也让人感到欣慰。

就这样，不知不觉已经过去了十年的光景，我仍没找到自己的另一半。似乎已经习惯了这种单身生活，对于我来说，找不找对象已经无关紧要了。

正因如此，觉察到自己对你萌发出爱情的时候，真的令我异常惊讶。

回想起来，我决心重新找回爱情，还得从在日本购买你们的第三张单曲《Lonely-Party》(《寂寞派对》)说起。

在搜索你的视频资料时，我遇到了一个状况。

那是在《Lonely-Party》正式发行一个月之后，我还没有购买这张单曲 CD。准确地说，当时我刚刚得知《Lonely-Party》已经正式发行。

"我也得赶快买一张。"

说着，我打开购物网站，却为难了起来。

这话本不应该当着你的面说，可是为什么一张单曲的 CD 光盘，要分第一版 A 盘、第一版 B 盘和普通盘三种形式同时出售呢？

追星经验丰富的人或许早已对此见怪不怪了，可我就是怎么也想不明白。尽管 CW①的附加曲目不同，甚至有的还带 DVD 视频影像，可主打曲目《Lonely-Party》却始终都只有一个啊。

——噢，原来是所谓的偶像经济在作怪！

以前我也对相关的争议有所耳闻，没想到现在轮到自己苦恼了。

这样一来，我就只有一个选择了——购买豪华套装。起码我不会考虑购买好几张收录同一首曲子的 CD 唱片。

小的时候，就连"一样的玩具要买两个"这种情况都很少。因此，当我听说某一偶像组合的粉丝，为了能够得到投票券或者握手券，一次性购买几百张相同的 CD 时，我也只有付之一笑了。

"上当了，你们这群傻瓜！"

---

① CW 是 Couple With 的简称，指单曲附加曲。一般一张 CD 分主打曲（有的就是 CD 专辑名）和 CW 曲。CW 曲目不做宣传，只是为了发片而另外创作的。

我可不会像他们那样愚蠢呢。把那些粉丝当成笑料的我，不由得自鸣得意起来。

可是，当我看到商品说明中的那一行文字后，我原本坚定的信心瞬间就发生了动摇。

"一次性购买三种类型 CD 的顾客，可以得到所爱歌手单人舞蹈 DVD 光盘一张。"

就是说，普通的舞蹈 DVD 光盘，拍摄对象是全体歌手，哪位歌手何时出现特写镜头，完全由制作人自主决定。而这种单人舞蹈 DVD 光盘，则是从头到尾始终拍摄某一特定歌手的特写镜头。那么，在电视机里不大出镜的你，在这种 DVD 光盘当中也可以大放光彩了。

"噢！"

面对电脑屏幕，我不禁发出了感叹。

这绝对不是钱的问题。其实，三种 CD 唱片全部买下来也不过五千日元，我三园不可能拿不出这笔钱来。

但是，毫无疑问，那样必定会触动我的底线。

受到偶像经济的绑架，我不得不放弃自己一贯坚守的"同一商品不重复购买"的原则，打破原则会让自己看上去很随意。这样一来，岂不真的是"有失体统"了吗？我犹豫不定，始终无法点击购买按钮。

可是，重新阅读商品说明时我发现，礼品认购的最后期限已经临近了，截止日期以邮戳时间为准，考虑到邮寄所需时间，当下必须做出决定。

我仍犹豫不决。

看似没有任何意义，但是放弃自己的原则，却需要极大勇气。

我考虑再三，最终还是决定三种 CD 唱片一次性全部买下。这时，一个疑问出现在了我的脑海中。

——那些歌迷们的爱……为何达到了如此痴迷的程度？

这里所说的"那些歌迷"，自然是指为了获得投票券或者握手券，一次性购买几百张相同 CD 唱片的偶像粉丝。

对他们的内心世界，我一无所知，因此才会嘲笑他们的行为有点愚蠢，还和别人一起指责他们被绑架了、受骗了，等等。如今自己也落得这般境地，才开始对他们的行为有所理解了。

一次性购买几百张相同的 CD 唱片，对于他们来说并非易事，无疑也会给他们带来沉重的经济负担。

即便如此，他们也甘愿为了偶像掏光腰包。对他们来说，偶像就是太阳。

为了尽可能地走近太阳，或者说，为了尽可能多地感受到太阳的光芒，即使冒着被嘲笑的危险，他们也要坚持购买同一张 CD 唱片。

想到这里，不瞒你说，被他们的热情感染的我，不禁热泪盈眶。

我只需要购买三张 CD 唱片就可以了，和他们相比简直就是九牛一毛。能够以如此微薄的代价换取对他们更多的理解，让我感到十分欣慰。

顺便告诉你，数月后，我收到了一张你的单人舞蹈 DVD 光盘。你那优美的舞姿，宛如天使一般美丽。

一旦尝到了甜头，便一发不可收拾。我全身心地"追"着你和"普里西拉"演唱组合。

我每天都必须浏览相关的视频网站，还加入了你的粉丝俱乐部。休息的时候，我就去新大久保购买一些你的纪念品。那些印刷并不精致的产品，在我看来却是那么吸引人。

我买了一些"普里西拉"演唱组合的宣传海报，可遗憾的是，你所占的比例都很小。其中有一张从韩国直接引进的你的巨幅海报，我看了以后爱不释手。看到这张海报，想起你那娇小的身材，感觉好像你本人出现在了我的面前一样。

我把它贴在画板上，放在房间里，仿佛你真的来到了我的身边，给我带来了欢乐，让我的房间充满了阳光。

可是让我没有想到的是，我的这番热情却遭到了中岛的奚落。

关于成为你和"普里西拉"演唱组合粉丝这件事，我没有对任何人提起过，只告诉了中岛一个人。托中岛的福我才结识了你，所以我觉得没有必要对她隐瞒什么。

一次，中岛看到我的手机屏幕上有一张你的照片（那是我在新大久保买的），便问道：

"为什么要放这种照片?"

"噢……自从那天在你家看到'普里西拉'演唱组合,我就开始着了迷。"

接下来,我告诉中岛自己很喜欢宝存,还第一次加入了粉丝俱乐部。

听我这么一说,中岛猛地皱起了眉头。

"三园君,你简直是个白痴!"

"什么? 你说什么? ……你不是也有自己喜欢的男子演唱组合吗?"

别人且不说了,受到中岛的指责,是我始料未及的。

"要是我,是不会在她们身上花一分钱的。你早已经不再年轻了,一个男人花钱追星,你不觉得可怜吗?"

一向为手头拮据所困扰的中岛,或许真的只是因为舍不得花钱?也许她的本意是想说,有那些闲钱,不如接济给我作生活费?

"我自己挣来的钱,怎么花和你无关。"

我理直气壮地反驳道。听我这么一说,中岛变本加厉地呵斥道:

"一个四十好几的男人,成何体统?"

"你这是什么意思?"

我不加思索地反问道。中岛讲话如此无理,让我无法接受。

"成何体统! 让人笑话! ……母亲这样说,就够让我受的了!"

说这话时，是你给了我力量，让我重新鼓起勇气。

"不好意思""让人笑话""成何体统"——脑子里成天都想着这些，人生就变得幸福了吗？至少对于我来说，并非如此。

"可是，我要对你表示感谢！乔过生日的那天晚上，如果不是你打开电视机，将频道锁定《音乐主题公园》，我至今都不可能知道'普里西拉'演唱组合的存在。"

"早知道有今天，当初我不会让你看那种节目……可是，你知道吗？"

中岛像是发现了什么重大的秘密，把脸贴到我的耳边说道。

"那些国家的人，从小就受过反日思想的教育，因为我们有过那段不愉快的历史。"

这种事情，不用说我也知道。过去我一直不能理解，总说她们讨厌日本，可她们为什么还要来日本开演唱会呢？

"还不都是为了钱？强装起笑脸，鼓着掌，握着手，她们心里是怎么想的你可不知道呢。"

听了中岛的话，我忍不住一阵心酸——我不认为中岛的话说得对，只是不想听她这么说。

"中岛，我想问你两个问题。"

"你说吧！"

"第一，你说，在这个世界上，哪个行业不是为了挣钱？"

不论多么高谈阔论的政治家，也要领工资拿报酬。

"第二，你既不是韩国人，也不是'普里西拉'演唱组合的成员，怎么可能知道她们的想法？她们对你说过什么吗？"

对于我提出的问题，中岛无言对答。她眯缝着眼睛可怜巴巴地看了看我，叹着气说道：

"嘻，我说不服你……三园君，你好像变了一个人！"

这时的中岛，心里不服气却又没有办法，真是自找没趣。


# 四


我躺在医院的病床上，脑子里想着你，内心满是思念。第一次见到你时的情景，至今仍清晰地浮现在我的眼前。

第一次目睹你的风采，是在 2012 年的 7 月份——在我得知"普里西拉"演唱组合的四个月之后。

或许你觉得，不过四个月时间，无足挂齿。可对我来说，那却是一段充满了欢乐的时光。

或许你也会觉得，不过四个月时间，对一个四十好几的男人来说，不可能发生什么戏剧性的变化。

老实说，尽管不是绝对的，但是这种情况的确并不常发生。人上了年纪，大脑就会变得僵化，很难接受新鲜事物。

但是，就在那短短的四个月的时间里，我本人却发生了翻天覆地的变化，绝对算是一个奇迹。首先，办公室的同事们都说我变得开朗了，他们都特别惊讶。

"三园先生，你最近看起来特别高兴……是不是有什么好事？"

记得恰好是我买到《Lonely-Party》日本版 CD 唱片的那一天，办公室里的年轻人这样问道。

"是不是找到了女朋友？"

"女朋友？哪里会有那么好的美事？……但我的确有了好事。"

遗憾的是，我不可能把你当作我的女朋友。可是，在我的心目中，你和她又是那样相近，像这样用文字表达出来，却又让我感到说不出的惭愧。

"尽管不知道那是什么好事……可大家都在说，三园先生最近的确和从前不一样了，好像变了一个人。"

"是吗？那么，我从前是什么样子？"

"从前嘛，很少说话。"

"老实说……年轻人，非常让人羡慕。"

的确，最近同事之间这种玩笑开始多了起来，办公室里的气氛也比从前活跃了许多。我不敢说，那全部都是你的功劳。可是，你的存在给我带来的影响却是不容否认的。

正因如此，那一年的夏天，当我听到"普里西拉"演唱组合即将来日本做巡回演出时，我高兴得近乎手舞足蹈。一想到不久就可以见到你本人，我便不由得欣喜若狂。

根据公开报道的日程，"普里西拉"演唱组合将在名古屋、大阪、福冈、仙台和札幌等地举办演唱会，最后一站在东京的武道馆连续两天公开演出。那些狂热的粉丝们，甚至不辞长途跋涉全程跟踪。我则因为工作关系，不得不选择东京一地，准备连续两天近距离观看。

能够举办如此大规模的巡回演出，足以表明"普里西拉"演唱组合在日本人气很旺。我感到兴奋的同时，又开始担心自己能否顺利买到门票。

由于我是"普里西拉"粉丝俱乐部的成员，在公开售票之前可以预先申请购票。即便如此，仍然需要抽签，如果抽签不中，就要等到公开售票了。

——我盼望着能够中签，哪怕是后排座位也决不反悔。

我暗自祈祷着，提出了申请。我的虔诚终于感动了上帝，武道馆的首日演出，我买到了一张第三排座位的入场券。最后一天演出，我抽到了一张最前排座位的神仙座席。

"哇……"

拿着刚刚到手的入场券，我不禁欢呼了起来。

演唱会的当天，当我第一次看到你出现在舞台上时，你能想象得到，那时的我是怎样的心情吗？

——宝存，真的是你，出现在了我的眼前吗？

以前只能从视频中见到的你，今天却突然出现在了我的面前，我怎么能不激动呢。虽然我也知道这样有点愚蠢，但我的确无法控制住自己的感情。

舞台上的你，和我印象当中的你一模一样。笑容、歌声、舞姿……所有这一切无疑都证实，你的确就是"普里西拉"演唱组合的尹宝存。

我猛地从幻梦中醒了过来，手里挥舞着入场前买的荧光棒，无所顾忌地大声呼喊着你的名字。

——成何体统！不好意思！让人笑话！所有的这些想法早已被抛到了九霄云外了。说那些话的人，永远不会明白，现在的我，有多么幸福！

就这样喊着，我环顾四周，发现身边的人大都和我年龄相仿，这便更加让我无所畏惧了。他们和我一样，大都挺着肚子，头发稀疏，看似一群天然盟友。

最后一天，我坐在最前排座位的神仙座席上，情绪更加高涨。

表演进行时，我的视线曾无数次和你相遇，你还做出爱心手势，向我传递了你满满的爱（想必，在场的其他人也一定颇有同感），这预示着我将会一生好运相伴。

那一天，是巡回演出的最后一天，舞台上的气氛十分热烈。返场演出时，全体成员热泪盈眶，演出无法正常进行。对此，没有一位观众表示不满，相反，剧场里掌声、欢呼声连成一片，台上台下热血沸腾。那场演出随后被录制成了 DVD 影碟出售，其中的返场场面震撼无比。

在购买偶像纪念品时，听人说起，我的所爱尹宝存，虽然在韩国人气欠佳，但是在日本却受到广大歌迷的热烈追捧。得知这一消息，更是让我激动万分。

因为提前到达了会场，我事先买了一些印有你的头像的折扇和纪念卡片。不一会儿，这些纪念品便迅速地被粉丝们一抢而空了。

同一位歌手在一个国家人气不佳，却在另一个国家受到追捧，我想主要是因为不同国家粉丝对偶像的偏好有些区别吧。

或许正如中岛所说，在韩国，高个子长腿的体型最受欢迎。可是在日本，倒是长得一张可爱的娃娃脸的女生（恕我直言，就像小孩一样满脸稚气的女生）人气会更高。

——到底还是不同国家有着不同的审美取向啊。

心中不禁发出这样的感慨。

尽管你的人气很高，却也让我们这些粉丝心里感到不安。歌迷的内心世界，有时就是这么复杂。

现在回想起来——那天的演唱会，或许同时也为其后的厄运埋下了重大的隐患。

那一天，排名七号的环林，因练习时扭伤了脚未能登台演出。我很喜欢她那强劲的舞姿，但既然受了伤也没办法。

日本的巡回演出完满成功，你们一行回到了韩国，不久就被卷入了一场离队风波之中。

据说事情的起因，是由于环林多次在团队中制造是非，给其他成员造成了极大伤害，团队领导一时为难，便突然宣布将环林开除了"普里西拉"演唱组合。

——真是令人惋惜。

得知消息后，我感到有点难以接受。

追星才五个月的我，无论如何都很难想象得出，环林会做出那样的事情。相反，她给我的印象一直是小心谨慎的，就像我一样，在其他成员面前感觉她也总是退让半步。

随后，环林在团队中被人欺负的消息，在粉丝中迅速传开。

此前曾经有人披露，原来的六名成员与环林之间早有隔阂。年长的成员不允许她使用休息室，还在SNS社交网站上发表攻击她的不正当言论。

据说，互联网上还上传了许多被认为是证据的视频。在我看来，视频中一些场面似乎被人肆意歪曲。于是很多人就信以为真，指责"普里西拉"成员以强凌弱，没有道德可言。

令人遗憾的是，武道馆那动人的场面就此烟消云散成了历史。据说，你所在的"普里西拉"演唱组合在韩国一夜之间名声扫地。

"普里西拉"的成员便从此淡出了人们的视线。我再次得知你的消息，看到你的近照，是在那次动荡过去约一个月后的事情了。

让人心疼的是，原本就瘦小的你，像患了一场大病般，手脚瘦得几乎只剩下了骨头。那时的你，身心疲惫，寝食难安。

恰巧同时，我的身边也发生了两件意外之事。

其中之一是，我所在办公室的一名女职员由于精神健康问题，突然提出辞职。

其实，这也不是什么罕见的事情。无论是在政府部门，还是在企业，在繁重的工作压力和各种无聊的会议的折磨下，许多人都会选择悄悄离开。不要掉以轻心，以为这种事情与自己无关，很可能下一个受伤的人就是你自己。

不久，我便得知，那位女职员的辞职事件，果然与我不无关联。她离开前所从事的工作，正是两年前我负责的业务。

众所周知，政府部门总是会定期进行人事调动。如果某天，你突然被安排在一个完全陌生的岗位，你也必须迅速承担起相应的责任，这已经成了不成文的规定。举个例子吧，也许你昨天还在柜台从事户籍登记，今天就有可能被派到保健部门去整理体检资料，这种事情早已屡见不鲜。

两年前，我就是在负责那位女职员的工作，由于人事调动才来到了现在的部门。就是说，那位女职员是从我的手里接过那项工作的。

在那位女职员接替我的工作之前，我也是从前一任负责人手中接管过来的。当时，那项工作完全没有头绪。其实，整个工作程序本身就存在着严重的问题，如果不想办法彻底解决，具体办事的工作人员是根本无能为力的。

我也曾试图改进，但最终不得不放弃了。当时想的是，只要在自己的任期内不出现问题，就算是万事大吉了。

这种事情，就好比是电视综艺节目中的传递气球游戏。气球在不断膨胀，每一个人都要迅速地把气球传给后面的人。

结果，就像我们所从事的工作一样。只要气球不在自己的手中爆炸，就算自己履行了职责。只要把气球传到其他人手中，目的就达到了。

类似这种传递气球的游戏，在世界各处无时无刻不在上演着。人们的脑子里只有一个念头，祈祷气球不要在自己的手中爆炸，尽快将气球传递给他人。

我也如法炮制，最后一股脑地把工作推给了那位女职员。在我之前，我的前任也是如此，我前任的前任同样如此，每个人都一样，似乎成了一种惯例。本来，那位女职员唯一需要考虑的，就是在下一个倒霉蛋上任之前，确保气球不在自己手中爆炸。

可是，她却冒失地试图阻止气球膨胀。也就是说，她要对整个工作流程进行改进。

那位女职员面对问题勇于挑战的精神值得称赞。可遗憾的是，一个人的能力总归是有限的。

她每天早来晚归，经常独自工作到深夜，还不时向我这个前任请教。我在交接完工作的那一瞬间，早已把之前的事情忘得一干二净，所以并没有对她起到任何帮助作用。

终于，繁重的工作令她精神崩溃了，酿成了一起居家自杀未遂事件。最终，她被送进了医院。

在得知事情的真相后，我内心对那位女职员感到深深的愧疚。我暗自反思，如果在我负责那项工作期间付出了努力，也不至于让她落到如此地步。

"三园先生！"

我正思考着，一位上级领导似乎看透了我的心思，对我说道：

"如果你在考虑应该如何向她道歉，那么你就认错了形势。"

对这位上级领导的话，我不会做出任何反驳。要知道，在政府机构，上级领导的话就代表了一切，任何人都不得随意反驳。

领导的话一针见血，我的心仿佛被一个大手揉成了一个废纸团。

于是，那位女职员的命运，加上"普里西拉"演唱组合的网传事件，一直萦绕在我心间，让我久久不能平静。一时，我甚至把自己体检时发现的身体异常状况，都彻底地忘在了脑后。

# 五

那之后又过去了两年，"普里西拉"演唱组合仍没能恢复元气。尽管沸腾一时的欺人风波早已平息，但是由于那次事件，韩国的歌迷开始纷纷疏远了"普里西拉"。

就在环林离队事件发生后，另一名年轻的团员亚伦，入团还不到一年时间就宣布退出了"普里西拉"演唱组合，这无疑让"普里西拉"的名声雪上加霜。果然祸不单行，"普里西拉"演唱组合为何屡遭质疑？你们的前路为何如此坎坷？

但是，我仍然相信——你和"普里西拉"组合的其他成员，一定能够度过这个寒冬，不久将重振昔日武道馆的辉煌，我愿意与你们一同见证奇迹的到来。

遗憾的是，我再也无法看到那一天了。

人的命运瞬息万变，有时并不需要花费很长的时间。以前的我，对自己的健康状况充满信心，做梦也没有想到，自己会被命运如此捉弄。

谁也不知道发生了什么事情，待我稍加清醒后，被告知有必要对"胃硬癌"这一疾病做进一步了解。这便是降临在我身上的另一起意外事件。

喂，宝存——你比我年轻，或许我不该问你这个问题——你知道什么是爱吗？我指的不是父子之间或骨肉之间的爱，我说的是所谓男女之爱。

虽然我年纪不小，可我对此却是一无所知。人们通常所说的爱，究竟指的是什么？

是希望将对方拥为己有？

进而发展到男女之间的性爱？

以传宗接代为导向？

还是基于某种规则，建立起一个家庭？

抑或只是一种化解危机的手段？

更甚的话，是为了生存而使出的违心的计谋？

这些话听起来或许很幼稚，我心里也感到阵阵不安。我感觉，人世间所说的爱，或多或少都会带有这样的色彩。即使果真如此，也没有什么错——如果这是爱，那么，单纯的、不求任何回报的爱，不是显得尤为珍贵吗？

我常常认为，自己所说的爱，是对自己内心的幻觉表示出的一种诚意，它并非出于恶意。我的这种理念，使我变得越发坚强，引导我走向光明，它因此就更加完美无缺。

宝存，我对你的感情，正是如此。

我不认为我和你能成为好朋友，更没奢望过能够与你结为夫妻。

你确实非常可爱，但我从来没把你当成所谓的异性对象，并在头脑中描绘什么空洞的幻景。在我心中，反而时常会有一种恐惧，担心哪怕只和你在一起一天，我也会大失所望。

为此，我愿意祈祷，希望永远看到你的微笑，只在心中默默地把你思念。不，那不只是我一个人的祝福，那是世界上所有爱着你的人的共同心愿。

结识你之前，我从未体验过这种感受。

那时为了生存，我每天疲于奔命，说起来就像早前的电子游戏《超级玛丽》那样，整天在砖块间蹦蹦跳跳。昏暗之中，我跳上一块砖石，猛然间右手边又会弹出一块砖石，我只好扭着身子跳上去，却又不得不注意左手边冷不防地出现另一块砖石。我不时地发出哀鸣，顽强地坚持着，希望早日闯过这一关。不久，一个微弱的声音宣布——非常遗憾，您的游戏时间即将结束。

正因如此，到了这个年龄还能认识你，不得不让我感到由衷的欣慰。

我想说的是，你不一定就得是"普里西拉"演唱组合的宝存，你也可以是别的什么人，但只要我们能坦诚相待，都会使我感到莫大的荣幸。我觉得，这是幸运之神对我的青睐。

"怎么样，感觉好点儿了吗？"

我现在一个人，躺在一间老旧医院的单人病房里。中岛不时地会前来探望，没头没脑地说上几句安慰的话，我才不至于太过寂寞。

"我看你一天比一天消瘦……怎么样？早知道这样，当初还不如和我结婚呢，现在什么都已经晚了。"

"不要这样说……我插着胃管……疼得要命。"

好长时间不大讲话，我口里发干，张开嘴竟发不出声来。

"乔，他怎么样了？"

几天前，乔和中岛一起来看我，那时借着中岛上厕所的空当，乔问起我——"三园先生，你当初为什么没有和妈妈结婚呢？我看你们相处得很好，还不如在一起呢。"

乔必定不知道其中的原因。说起来，我们自己也不知道为什么。

"今天乔去了同学家，听说那位同学又买了新的游戏卡。你说，这些孩子们怎么一天到晚就知道玩游戏？"

那些事情，我怎么会知道？！

"你问乔，是有什么事情吗？说吧，我替你转达。"

中岛一边用沾了水的脱脂棉擦拭着我的嘴唇，一边问道。她的脸离我那么近，我却还是对这个女人的存在没有什么感觉。似乎命中注定，我和她根本就不可能发展成那种关系。

"请告诉他——凡事都要经过一番努力，要形成自己的人生哲学。"

"人生哲学？"

中岛她用轻蔑的语气反问道。对这几乎算得上是我的临终遗言的两句话，她听了却不以为然。

那是迄今为止，我在自己的人生道路上悟出的唯一真理。

每个人，生活在这个世界上，无论怎样都要活得有意义。否则，到了晚年就会感到寂寞，甚至是忧伤。为了不愧于自己的人生，唯一的办法，就是要建构自己的人生哲学。

为什么自己会来到这个世界？什么力量让自己生活在这个世界？——只有圆满地回答了这些问题，在不期而至的死亡面前，才不至于惊慌失措。

"那么，这就是你的人生哲学啦？"

说着，中岛从我的枕边抽出了一个相框。不用说，里面放着你的照片。

"事到如今，你还手里握着某国流行歌手的照片不放。三园君，你也太过分了，我真是拿你没办法。"

"请不要这样说！"

实际上，我将照片放在枕头下面，是有原因的。

据说人的生命走到最后，为了减少死亡带来的痛苦，大脑中会分泌出一种脑内麻药。这种脑内麻药，可以让人产生幻觉。听说，曾经有人在死前看到神佛的幻影。

我觉得，这样一来，或许可以看到你笑着向我走来。

我多么希望，你身着一件蓝底红星的舞台盛装，打开病房的房门，眼中含笑走向我，用刚刚学会的日语说："三园先生，跟我一起走吧！"

　　啊，可爱的宝存！

　　我的一生，碌碌无为，甚至不能给自己的父母养老送终。

　　我的一生，口无遮拦，也曾无数次地伤害他人。我也会明哲保身，尽管不是恶意，却是置他人的利益于不顾。

　　尽管如此，心怀慈悲，我却得以平安超度——这都是因为有了你真诚的祈祷。

　　你知不知道我的存在，都不重要。你到底是怎样的一个人，我也并不在乎。

　　但是有一点我必须告诉你，你的存在，让我死而无憾。

　　感谢你，宝存！我深深地爱着你。

# 回忆小夜曲

一

现如今，已经很少有人使用盒式录音磁带了。

曾几何时，人们很难想象，离开盒式磁带收录机会是怎样的一种生活。伴随着音响技术的进步，各种录音设备得到了广泛的普及，盒式磁带收录机也已成了一个时代的象征。今天，甚至很少有人持有这种盒式录音磁带的播放装置。

我的那台盒式磁带收录机，是我在参加工作以后买到的一台旧玩意儿。当时，我是从一家典当铺弄到的一款绝当品，论生产年份，少说也在三十年以上。用现在年轻人的话说，那绝对称得上是老古董。

然而现实当中——实际生活过来的人都知道，三十年的时间，转瞬即逝。

三十年时间，乃是婴儿从出生，长大成人，到生儿育女所需要的时间。这段时间看似漫长，实则十分短暂。更有事实为证，我的那台盒式磁带收录机并没有成为化石，至今仍然可以正常运转。

无疑，其后丌发出来的机器具有更多的功能，以往的装置早已不再受到人们的青睐。旧机器又笨又重，摆在家里凭空占了一块地方。记得老婆曾经无数次地劝我，不如早点把它扔掉。

可是，我却始终下不了决心。原因是，失去了那台收录机，有一盘录音磁带将永远再也无法播放。

说实话，我也曾经考虑过，把那台收录机连同录音磁带一起扔掉。

每当再次听到那盘录音磁带里的声音，便会引起我阵阵悲伤。年轻的时候，我更是将过去的一切，视为自己前进道路上的绊脚石。我觉得，瞻前顾后乃是一种性格"阴郁"的表现，任何时候都只对未来表现出浓厚的兴趣，才是人生唯一正确的选择。

即便如此，那盘盒式录音磁带，却始终无法让我丢弃。

我不知道那是出于偶然还是必然，但无论如何，我也不可能把无意间收录下来的佐佐木千晶的歌声，丢弃到以后再也无法找回的地方。尽管我曾经无数次地拒她于千里之外，并且还为此而感到一身轻松……可是我知道，在这个世界上，没有一个人能够解释得清楚，年轻时候的自己为什么会如此冷酷无情。

老实说，那盘录音磁带里面的内容没有任何的意义。那是小学六年级时，偶然收录下来的同班同学召开联欢会时的情景。通常情况下，或许早就已经被其他内容所覆盖。

所谓联欢会，是班级举办的一种娱乐活动。联欢会上，同学们在一起做一些类似"丢手绢"或者"抢板凳"之类的游戏，有些要好的同学也会自编自演一些文艺节目。或许是出于当时班主任老师的个人喜好，五六年级的时候，几乎每个学期都要举行一次这样的活动。

记得，当时我也曾经和几个同学一起，自编自演了一个短剧。为此，录音磁带里还保留了当时的一些音响效果和背景音乐。那时，由我负责音响效果的操作（我从自己家里拿来录音磁带），为此，我还把自己家里的收录机带到了学校。

我不记得那个短剧是否受到了大家的欢迎，甚至其中的内容也早已忘得干干净净。我只记得，那之后由于自己操作按键的失误，意外地将联欢会的情景，原原本本地全都收录在了录音磁带上。

在我们的那个短剧之后，便是另一个小组现场表演的魔术节目。其中，尽管录音效果不佳，隐隐约约还可以听到一位上了另一所中学的同学的声音。更为弥足珍贵的是，里面还收录了已经去世的班主任老师的讲话。

那个魔术节目结束之后，整个联欢会接近尾声。这时，也不知为什么，千晶却冒失地走了进来，一个人独自唱起了歌。曲目是，歌手天地真理小姐的《回忆小夜曲》。


在那座小山坡上，两个人相约再见，

那声音，至今回响在我的耳边。

多少个不眠之夜，

我一个人独自倚靠在窗前，

遥望星空，繁星闪烁。

我追随着你的足迹，

手捧着鲜花，

高兴地来到你的身边。

过去的一切，仿佛成了一场梦，

不知为何，

我的一片深情，

却再也无法传递到你的心间。


　　要问，千晶为什么会一个人唱起了歌？其实，那早就已经成了联欢会上的一个惯例。

　　人称"佐佐木千晶大舞台"（也不知道是谁起的这个名字），联欢会的最后，总是会以千晶的一首歌曲作为结束。说起来，在很早以前，千晶就喜欢一个人在大家面前放声高唱。

现如今，日本人也开始变化，对于在人面前一展歌喉已经不再感到羞愧。这无疑是得益于卡拉 OK 这一伟大的发明。在此之前，在众人面前唱歌很容易让人感到难为情。尤其是小学五六年级的时候，一个人站在全班同学的前面唱歌，无异于对自己的惩罚。

　　可是，对于从小发誓长大之后要成为一名歌手的千晶来说，事情并非如此。但凡有机会，千晶便会在众人面前演唱一首当时的流行歌曲，这引起了班主任老师的注意。于是，每次举行联欢会，老师总是会安排一个千晶的独唱节目。这也正中千晶的下怀。每到那时，她就会从体育馆里搬来领奖台，一个人站在上面得意地唱起歌。

　　至今，我还会回忆起千晶站在领奖台上，引吭高唱那首《回忆小夜曲》的情景。

　　那时，为了登台演出，千晶会特地穿上一件夹克上衣，里面配上一件胸前带有飘带的白衬衫，下身穿上一条极具时代特色的"潘塔隆"牛仔裤（俗称"喇叭裤"），腰里还系着一条从妈妈那里借来的宽幅白色腰带，显得神气十足。唯一让人感到遗憾的，就是脚底下穿的那双脚尖镶着一块红色胶皮的芭蕾鞋。一头三七分的短发，显然是在模仿当时刚刚出道的山口百惠。

　　小学时期的千晶，矮矮的个子，纤细的四肢，显得有些消瘦。不知是因为风吹日晒，还是生来健康，她总是会显露出小麦色的皮肤。看上去一副小大人儿似的脸庞，感觉随时都在微笑。一双细长而清秀的黑眼睛，常常会眯成一条缝，像是一只在阳光下打着瞌睡的猫。

就是这个千晶，把一只布制笔袋当作麦克风，还不时地扭动起身子，唱起歌来活灵活现，把个歌手模仿得惟妙惟肖。

要说歌唱得如何——老实说，还真不好评论……如果硬要回答，只能说还不错。只是由于录音磁带和机器的老化，声音显得格外沉闷，为此很难判断音色是好是坏。

可就是这么一个小女孩，全神贯注地唱起歌来，所有人都会听得入了神。甚至那些背地里指责千晶"爱出风头"的小女生们，只要千晶一唱起歌，也会睁大了眼睛歪着头一声不吭。

我经常会想，"如果没有发生那次不幸的事件……"，或许千晶真的成为了一名歌手。

是的，如果没有遇到那些不幸，千晶原本是一个非常活泼可爱的女孩子。

如果没有遇到那些不幸，或许也不会让千晶变得如此悲惨。

如果没有遇到那些不幸——或许，千晶还会和我生活在一起。


现在回想起来，似乎有一种奇妙的因缘，把我和千晶天然地联系在了一起。

我和千晶的家并不住在一起，父母之间也没有来往。可是，不知为何我们成了好朋友。自从上了幼儿园，我们就经常在一起……这样说起来，似乎也能够解释得通。可是，同一个幼儿园里还有许多其他的小朋友，为什么只有千晶显得如此特别？

后来，在学校的英语课上，我曾经学到过这样的英语谚语："Every Jack has his Jill."（每一个杰克都会有一个吉尔与其相配。）我觉得……我和千晶似乎就是这样一种关系。

有时，人们在解释这句话的意思时，还会用到"破锅有破盖"这句话。我则以为，其中蕴含的意义，甚至决定一个人一生的命运。用日语解释，或许还预示着男女之间的一种平衡关系，例如"这个人配上那个人恰到好处"。可是英语谚语本身，似乎只在向人们展示出一个基本的事实，即"每一个人总会有另一个人与其相配"。

这种男女之间的关系，经常被人们说成是"命中注定"——即使如此，其中是否伴随着男女之间的爱情，却完全是两码事。我觉得更为简单的解释，莫过于说"每个人都有属于他的另一半，那就好比是为自己量身制作的一把座椅"。

要问我，为什么如此拘泥于其中的微妙感受？我的回答是，对于千晶，我从来也没有感到过任何男女之间的情感。

那之后，我也曾经为她感到过伤心落泪——可是至少在很长的一段时间内，我从未对千晶产生过爱慕之心。无疑，作为异性，我十分敬重她作为女性的尊严，可那并没有直接导致我对千晶的任何眷恋和怜爱。说起来，我和千晶之间，似乎根本就不需要那种感情。

前面说过，我和千晶自从上了幼儿园就一直在一起。可是要说具体从什么时候开始的，却又无法记得很清楚。不觉之中，总是会发现千晶就在我的身边。她和我一起搭积木，肩并肩地坐在一起看书。有时我也会拉着她的手一起在院子里散步，午休时更是自然而然地睡在了千晶的身边。

在我保存的众多幼儿园时的照片当中，总可以看到千晶的存在。除了大家一起拍照的合影之外，在和别的小朋友玩耍的照片当中，也可以找到千晶的身影。由此可见……我和千晶经常是形影不离。无疑，在千晶保存的照片当中，一定也都有我的身影存在。

这种情况，上小学之后依然没有改变。通常下课以后，同性的同学之间就会在一起玩耍，而我和千晶却要两个人在一起度过，并且都对此感觉不到任何抵触。无疑，我们分别也都有各自的同性朋友。可是，异性之间不可以在一起玩耍……这种想法在我和千晶之间似乎并不存在。或许，这与我在家里是两个姐姐的弟弟，即属于家中的小儿子老儿子不无关系。

"你们两个人，为什么总是一男一女在一起玩儿?"

记得那是小学二年级的时候，我和千晶在附近的公园里玩耍时，一群同年级的男生从旁边走过，见了我们这样大声地嘲笑道。在此之前，我从来没有想到过……男孩子和女孩子在一起，会是那样地不招人喜欢，我不禁为此大为震惊。

"怎么，女孩子就不能和男孩子在一起玩儿了吗？"

小的时候，女孩子总是会显得非常成熟，说起话来也特别厉害。见我有些胆怯，千晶毫不犹豫地大声回答道。

"噢，知道了，原来风间和佐佐木是在搞对象呀。"

"啊，好热乎！"

于是，那些男生更是变本加厉。那之后，我和千晶更是一有机会便会受到他们的奚落。说起来，他们长大以后也会去追女生，可为什么小的时候，偏偏就显得那么没有度量？

现在想起来，我从小聪明伶俐，还学会了耍小聪明。遇到有人奚落，我也会忍不住编造出一些谎话。

"跟你们说，我们俩是表兄妹。"

小孩子往往比较单纯，听我这么一说，那些人似乎也就表示出理解。

"噢，原来如此！"

不用说，那些男生自己也是一样，每到逢年过节也会和堂表姐妹在一起玩耍。因为有血缘关系，自然也就能够和睦相处……一想到自己，他们就不会再奚落别人了。

可是，只要稍微动一点儿脑筋就会发现，千晶总是会直呼我的姓氏"风间"。通常表兄妹之间，只要称呼名字"秀治"。

顺便说一说，我在小学三年级以前，称呼千晶为"小晶晶"，偶尔也叫她"小千晶"，到了小学四年级快要结束时，则开始改叫"千晶"。这一方面是由于自己开始形成了自我意识，另一方面或许也和当时的周围环境不无相关。

想起小时候的千晶，总会首先想到……她特别喜欢唱歌。

记得小学一年级的时候，学校组织外出郊游，千晶一个人在大巴车上唱起了《蓝色之光横滨》，这让同车的老师们大为震惊。后来这件事被校长知道了，于是第二年外出郊游，千晶被点名唱了一首《三百六十五步进行曲》，惹得全车人哄堂大笑。

记得千晶的垫板夹里，直到小学高年级以后，才和大家一样换成了当时的歌星乡裕美和西城秀树的照片。在那之前，千晶总是对女歌手表现出极大的兴趣。

小学时期，千晶最喜欢的歌手，首选就是天地真理。

同时代的人不用说也都知道，七十年代初期走红的偶像歌星，当属天地真理。她不断地推出最新热门歌曲，冠以天地真理名字的各类娱乐节目数不胜数，受到男女老少各界人士的广泛欢迎。天地真理乃是那个年代名副其实的国民偶像，以她的名字命名的产品，曾经被制作成自行车，这在当时也是首创。

记得天地真理推出热门歌曲《蓝色之恋》，是在我和千晶上小学三年级那一年的秋天。在此之前，天地真理还出演了著名电视剧《时间已到!》，天地真理在里面扮演主人公的崇拜者。她几乎没有多少台词，多数时间抱着一把吉他倚靠在窗前边弹边唱，这在当时引起了极大的反响。那之后不久，天地真理出版了她的第一张唱片。记得当时在学校里遇见千晶，她像是发现了什么重大事件似的兴奋地对我说道："风间，了不得了！'隔壁的真理小姐'，真的成为了一名歌手！"

现在回忆起来，当时几乎所有人，都在无意之间陷入了出版商预先设下的圈套。无疑，我自己也成了《时间已到！》的电视迷（那时，屏幕中有一个女人沐浴的情节。每到这时，家里的气氛便开始出现异常，现在回想起来也还很令人怀念），还在心里暗暗地恋上了"隔壁的真理小姐"。那时似乎让人感觉，电视剧中的人物突然来到了现实世界，令人感到别有一番情趣。

自《蓝色之恋》之后，天地真理又连续推出了一些热门歌曲，其中就有人们所熟悉的《并非只有我一个》和《热恋的夏日》。我对天地真理的情调歌曲，例如《小小的情怀》和《绿叶私语》则情有独钟。这或许是由于我的性格内向所致，就像是欣赏曲式简单的乡村民谣，让人感觉到纯朴、自然。

千晶却不然，只要是天地真理的歌……无论哪一首她都喜欢。

记得，千晶用积攒下来的零花钱买到的第一张 LP（黑胶）唱片，就是天地真理的第三张专辑《穿越彩虹》。

"咦，好奇怪！真理小姐的唱片当中，怎么灌制了雪蕊诗的《向日葵小路》？还有蓝色三角板的《太阳季节》？"

记得，千晶还曾经为此发过牢骚。那时千晶并不知道，这不是一张天地真理的名曲汇编，而是天地真理翻唱其他歌手的歌曲集。我也借来听了听，觉得……其中的每一首歌曲都充满了天地真理的浓厚色彩，是一张很好的唱片。可是，千晶却不喜欢这种翻唱的形式。她不知道，出道还不足一年的歌手，不可能有那么多的作品积蓄，以至于能够一下子推出三张原创专辑。

"可不管怎么说，我还是不喜欢。"

说是这么说，当千晶听到《为了能够再见》（比利·班班的原创歌曲）时，眼睛里情不自禁地闪现着泪花，让我觉得她是那样的可爱。

是的——现在回想起来，千晶曾经是那么的淳朴，那么的天真。

我经常在她的身边，反倒不容易看清楚这些，所以也就没有能够很好地保护住她。

二

还是在大学四年级的时候，一次偶然的机会，我再一次遇见了千晶。

当时，我身穿一身西装，和同学一起走在涩谷东急百货商店前的大街上，去参加企业的招聘会。记得那是在残暑未尽的九月中旬，我系着领带，觉得不自在。

为了蒙蔽大企业人事负责人的目光，我和同学事先都剪短了头发。在那之前每个人都留着一头长发，好不潇洒。想到自己不久即将离开校园，不禁让人感到有些悲伤……又不由得想起了那首歌《再看一次〈草莓宣言〉》，心中倍感惆怅。

这时，一旁的同学突然用胳膊轻轻地碰了我一下，在我的耳边小声说道：

"你没有发觉，有一个女人，一直跟在我们的后面吗？"

"女人？"

"不许回头！"

我刚要回头张望，却被同学制止住。

"那女人一头散发，看上去有点儿恐怖。她好像一直在盯着你……你认识她吗？"

我又没有看见她，怎么会知道认识不认识？我佯装成若无其事的样子，拐到前面的一条小道上，打算从背后看个清楚。

"啊，果然是风间！"

还没等我看清楚对方，那个女人却从后面叫住了我。我不由得停下了脚步，转过身看到一个女人。只见她矮胖的身材，一头长发，正在背后盯着我。

我还未来得及看清楚她的脸庞，却为她那一身装束感到了震惊。

只见她身穿一件褐色的大衣，脖子上围着一条人工皮毛的围脖。毫无疑问，额头上冒着豆大的汗珠。透过大衣露出的大腿上穿着渔网丝袜，脚上踏着红色的高跟鞋。她手里提着一个名牌百货商店的购物袋，像是用了很久，已经露出破绽。

"喂，是我呀……佐佐木千晶，你不认识了吗？"

我定睛看了看对方，发现站在对面的果然是千晶——却不知道如何回答是好。从她那奇特的视线当中，我莫名其妙地感觉到了一种心灵上的扭曲。

"噢，对不起，中学毕业时，也没打个招呼就走了，当时一忙就忘了。"

千晶的脸上没有化妆，只在嘴唇上抹了些口红。口红的颜色看上去十分廉价，就像涂了一层蜡。噢，或许真的是把蜡笔涂在了嘴上。

"后来我还给你写过一封信，你也没回复，也许是没有寄到吧？"

千晶的话让我无法回答。"我们走吧！"旁边的同学见事情不妙，催着我赶快离开。谢天谢地，幸亏有人帮忙解围。

"喂！等一等，我还没说完话呢。"

千晶紧跟了几步，一旁的同学声称"有急事"再三推辞。千晶只好死了心，一个人依依不舍地离去了。

"她是什么人？……你认识她吗？"

见千晶渐渐远去，那位同学不禁问道。

"那是我中学的一个同学。"

其实是更早的朋友，我却没有心思向他做更多的解释。

"嗯？这么说，和我们年龄差不多啦？怎么看上去像是四十多岁的人？"

同学惊讶地说道——事实上，我也有同感。正因为如此，我才没能立刻认出来她就是千晶。

"恕我直言……我怎么觉得，她不像是个普通的人。"

"是吗？"

老实说，她能在外人面前正常讲话，与中学二年级时的千晶相比已经进步了许多，可我却不知道那是好是坏。

"刚上中学的时候，她完全不像现在这个样子。中学二年级的冬天，她家里出了一件大事……从那以后，她就开始一蹶不振。"

人的一生真的是变幻莫测。看到千晶走到如此地步，让我心情沉重。可是在同学面前，我又不得不故作姿态，像是在讲述一个恐怖的都市传奇故事——或许，这样的事情也只有我这种卑鄙的小人才可以做得出。

"出了什么大事？"

不出我的预料，同学果然饶有兴趣地追问道。

"那个女孩儿的父亲，用刀杀死了她的母亲。而且，就在她的面前。"

准确地说，那不是她的亲生父亲，可我没有必要叙述得那么详细。

"啊，真的吗？"

同学故意惊讶地皱起了眉头。

"那么，她的父亲没有被警察抓起来吗？"

"没有……她的父亲随后逃进山里，上吊自杀了。"

同学感到一阵惊讶，不觉倒吸了一口凉气。

"这种事情，只有在新闻里才能够听到——遇上真人真事，我这还是第一次。"

新闻报道也都是真人真事，尽管这样说，同学的心情却不难理解。

通常情况下，一般人很少可能够遇上这种骇人听闻的新闻事件。老实说，所有人都会觉得……那些整天惹是生非的人，他们是另一个世界上的居民，和我们毫不相干。

我本人同样如此——只是做梦也没有想到，就在我的身边，在我所熟悉的人身上，竟然发生了如此恐怖的事件。


正如前面说过的那样，那个事件发生在中学二年级的寒假期间。具体地说，是在圣诞节和除夕夜之间，那段格外繁忙的日子里。

必须说明是，即使上了中学，我和千晶之间的关系也没有发生特殊的变化。

那时，千晶开始长得像个大人，说话办事也变得稳重了许多。但那也是之后回忆起来的感觉，当时并没有感到有什么不同。因为，同一时期自己也在变化，对方变化也是理所当然。这就像在同一速度下两辆汽车并驾齐驱，双方的驾驶员都会有一种停滞不前的感觉。

只是，两个人在一起玩耍的时间，却比从前减少了许多。

毕竟两个人都已经长大成人，并且都已经到了思春的年龄——因此比起从前，就会更加介意有可能受到同学们的奚落。千晶的情况我不得而知，如果我自己在班里有了中意的女孩子，就会生怕事情被人故意添枝加叶，以致传到她的耳朵里。

即便如此，如果在大街上偶然相遇，我们还是会聊起来没完，好像有一肚子的话要说。特别在中学一年级时，我们不在同一个班，见面的机会自然少了许多，于是就更少不了定期见面互通情报。

"可是……尽管你不满意，但我觉得，能够和你上同一所中学，心里特别高兴。"

随着时间的流逝，以往的伤痕似乎开始愈合……记得，自从中学一年级的夏天过后，千晶就会时常对我这样说道。

"你这样想，我很高兴，可是我劝你以后不要再这么说了，我可不像你那么轻松。"

"噢，对不起，实在对不起！"

我扯着嗓门表示出抗议。见此情形，千晶赶忙把眼睛眯成一条缝，像一只在阳光下打着瞌睡的猫，微笑着不停地道歉，顺便还不住地安慰我。

"可是，我觉得风间天生聪明，即便是现在的这所中学，将来照样能考上一所好的私立高中。而且，还能考上一流的大学。结果还不都是一样？"

"我说过……你以后不要再提这件事了！说多了，反倒让我伤心。"

说实话，我当时没有考上私立中学，结果不得不上了这所当地的公立中学。

现在回想起来，倒也不再觉得后悔。当时失败的原因，仍然是应付考试的准备不足。自从进入小学五年级，我就开始拼命地学习。所谓名门中学的考试难题，在我看来也并没有感觉到困难。

现如今，我的父母早已经双双入了鬼籍——我本人对于父母的印象，小的时候和长大以后却是截然不同。小的时候，受到父母的宠爱，有时甚至让两个姐姐感到嫉妒。自从上了中学，父母的嘴开始变得唠叨起来，说话办事也越发地严厉。

说起来，风间家祖祖辈辈都是女人居多，好不容易生了我这么一个男人。堂族家里也都是女孩子，父亲的亲戚家没有一处不是女人的天下。

尽管如此，风间家又不是什么名门世族，乡下的祖父母都是从事农业的普通农民，为此也没有必要特意讲究什么血统。可是，既然继承了祖传的风间姓氏，就不得不被寄予了莫大的希望，期待着长大以后能够光宗耀祖。

小学四年级之前，我过着一段悠然自得的生活。要说业余学习，只上了一个当时流行的珠算私塾，基本上是无所事事，整天只顾着玩耍。放学回到家，我根本不看书，只是草率地完成老师交代的作业。

让我感觉到家中的气氛开始发生变化，是在上了小学五年级之后。不知为何，父母突然开始重视起了我的教育。

到了今天这个年龄，似乎对于父母的一片苦心才有了一定程度的理解。

仅仅上了三年定时制高中的父亲，由于没有学历，深知终日劳作的艰苦。在工厂靠打零工支撑家计的母亲，从心底里盼望我将来能够进入一家大企业，过上安稳的生活。按照父母的想法……要想达到这一目的，无论如何也要上个好学校，取得更高的学历，为此就必须尽早下手。

在我看来，父母的多虑只能给我平添麻烦。从那时起，父母的态度眼见着发生了急速的转变。从形式上看似乎以母亲为主，受到母亲的影响，父亲也热衷起对我的教育。尽管为时已晚，但目标也还是为了能够考上一所好的中学，一家人全力以赴。

不必说，如果我真的考上了私立中学，家里很可能被逼得揭不开锅。即便如此，父母还是将所有赌注全都押在了我的身上。

那时，父母均年事已高，我隐约地感觉到……他们对于自己的人生已经不再给予更多的期望，就此开始步入老年生活。

为此，他们把自己的全部希望，都寄托在了我这个唯一的儿子身上。

从前，父母常说一句话，"男孩子，只要身体健康"。如今，他们已经全然不顾这些，总是会在我的耳边不厌其烦地说道："学习上，绝不能输给任何人。"

有些孩子埋怨父母变卦太快，更有些孩子因此讨厌起父母，可我却并非如此。我喜欢自己的父母，即使他们对我要求严格，却也不会引起我的厌烦。如果可能……我总是会努力按照父母的要求，决不辜负他们对我的希望。

可是说到容易做到难，私立中学的考试，并非想象的那么轻而易举。

我的第一志愿和第二志愿轻易地落了榜，接下来的第三志愿总算勉强被录取。可那所学校离我家很远，与昂贵的学费相比更是魅力有限（父母都这样认为）。为此，父母改变了主意，决定选择让我进入当地的一所公立中学，在此期间提高实力，准备将来考上一所更好的高中。

这种事情并非少见，对于我来说也更容易接受。我原本寄希望于和小学的同学们在一起升上同一所中学。尽管没有多大信心，却也还梦想着三年以后，通过自己的努力能够考上一所有名的高中。

可是千晶却并非如此——她只是听说能够和我一起上同一所中学，从而单纯地感觉到由衷的喜悦。

小学毕业以后，自然也就失去了"佐佐木千晶大舞台"的机会。即便如此，千晶喜欢唱歌的本能依然没有改变。有时在公园里散步，她也会突然冒失地放声高唱。

"我特别喜欢这首歌。"

记得有一次，同样走在公园的小路上，千晶突然唱起了山口百惠的那首《冬色》。当时，山口百惠早已推出了更多的新曲。可是，这首歌略带悲伤的旋律，伴随着夕阳的余晖，回旋在公园的上空，唱得人如痴如醉。

> 你为我选择的唇膏
>
> 散发出枸橘花的芳香
>
> 从未吻过那纯洁的爱
>
> 又怎能不叫人责怪？

当时，不知为何，千晶一边唱着还一边望着我的眼睛，让我心神荡漾。

回想过去——我和千晶共同度过的那些日子，伴随着各种流行的变迁，新老歌手世代交替，也可谓波澜壮阔。

千晶喜爱的天地真理，在我们进入中学之后，便逐渐失去了往日的辉煌，电视中也很少见到她的身影。取而代之，山口百惠、樱田淳子以及糖果组合等一些新的歌手开始崭露头角。除此之外，民歌也以压倒的势头重新出现在舞台上，受到歌迷们的广泛追捧。

此外，在中学一年级期末，当时的少儿节目中播放的歌曲《加油！鲷鱼饼》开始流行，唱片发行异常火爆。大街上到处可以听到模仿子门真人的歌声，他的歌曲一夜之间家喻户晓。

作为历史的见证，可以说当时的热门歌曲，伴随着人们的生活，渗透到社会的方方面面。电视当中音乐节目的普及，也让歌曲走进了千家万户。而年终唱片大奖赛当中的获奖歌曲，更是无人不知无人不晓。

我本人似乎已经上了年纪，对于当今的流行歌曲竟然一无所知，更不可能知道 CD 唱片的销售数量。或许是因为社会的进步，抑或是因为自己早已落后于时代潮流……除夕夜红白歌星大赛上的歌曲，别人耳熟能详，我却一问三不知。

在这个偌大的世界里，事物的变化乃是自然发展的规律，任何人都不可能永远停留在过去的时光中。

无论是好是坏，一切事物都处在不停的变化之中。

顾东顾不了西，想到南就忘记了北。人不是神，一门心思地只想着自己，却在不经意间把珍贵的朋友抛在了脑后。

现在回想起来，那个时候的自己，无疑就处于这种状态当中。

私塾的学习，学校的成绩，实力测验的排名——我每天都被这些东西充斥着头脑，完全没有顾及发生在千晶身上的一切。后来回想起来，或许千晶也曾经通过各种机会向我求助……而我却把她的话当成了耳旁风。

刚才说过，那个悲惨的事件，就发生在中学二年级的冬天。

千晶的家住在一座公营住宅楼的五层。一天深夜，突然传出一阵奇怪的咆哮声。时间就在日期即将变更的前后。

因为事发在冬季，所有人家都门窗紧闭。隐约地，只听见远处有两个人在争吵。这时，人们早已关闭了电视机，躺在床上准备熄灯睡觉。

我也从电视里看到了有关报道（电视新闻以外的综合节目）。那天深夜，从居民楼里传出的怒吼声，仿佛野兽发出的一声吼叫。

所有人都以为，那是有人喝醉了酒在撒酒疯。为此，没有人出来确认那声音究竟来自何方。人们担心，冒冒失失地打开门窗，可能会受到不必要的牵连。

可是，和千晶家同住在一个楼层的人们，却清楚地听到千晶的母亲在大声地叫喊："你这个没有人性的家伙。"与此同时，还传来千晶可怜的哭叫声，以及父亲那不明不白的咆哮声。

紧接着，又是一阵衣柜倒塌的声音，阳台玻璃被砸碎的声音。至此，人们才知道，那绝不是一般的夫妻吵架。

"那之后……突然，啊！只听到女人的一声尖叫。"

新学期开始后，一位住在同一幢楼房的同年级女生，当着班里同学的面说道——那声音，让人撕心裂肺。

那位女同学听到的，便是千晶的母亲，被一把尖刀刺入胸膛，临终前发出的尖叫声。


# 三


那一事件震惊了整个小镇，但是在社会上却没有引起更多的反响。

毕竟已经到了年底，人们忙于迎接新年，这种恐怖事件与时机不符……新闻机构出于这种判断，简单地报道后便草草地收了场。那之后，紧接着进入了新的一年，这一事件也随之迅速地成为了旧闻。

可是，早就有人传来消息……说其中其实另有原因。

老实说，这种事情令人难以启齿——据说事件的起因，是由于千晶的父亲，背着母亲对千晶伸出毒手。这种类似近亲强奸的事情，不可能在电视新闻里大肆报道。

说是千晶的父亲，实际上并没有任何血缘关系。

千晶的亲生父亲，在千晶刚刚出生后不久便因病去世。那以后，母亲一手把女儿抚养长大。不用说，我也曾多次见到过千晶的母亲，小学的时候给我的印象，那是一位体态丰满、心地善良的母亲。

那时，听千晶说……母亲在一家儿童服装店当店员，后来又到了车站附近的一家酒吧当了一名女招待，让我一时感到大惑不解。无疑，我并不知道酒吧的女招待究竟是怎样的一种工作，只知道是陪着客人喝酒。可在我看来，那种工作并不适合千晶的母亲。

父亲曾经是那家酒吧的客人，两个人并没有正式登记结婚。我已经记不得他的面孔了，只记得小学运动会时他也曾来到过学校，当时表面上对待千晶也还十分关照。

可是母亲外出打工时，公寓的家里发生了什么事情，对此就不得而知。无疑，千晶本人也很难说出口。

记得，小学快要毕业时，有一次千晶对我说起了她的父亲——当时，千晶意外地瞪起了眼睛，还大声地怒斥道："那个家伙，真是令人厌恶！"

千晶从来不对别人发脾气，也很少说别人的坏话——那一次她突然火冒三丈，我却并没有过多地询问其中的理由。有时，女儿抱怨父亲也并非奇怪。更何况，别人家的事情自己也不好更多地过问……

毕竟自己只是千晶的朋友，有些场合不得不表现出克制。

现在回想起来，当时的千晶无疑已经陷入了极度的恐慌。原本一个让人感到温馨的家，却出现了一个虐待狂，这让千晶无处躲藏。

如果是在今天，或许也还可以采取　些措施。

无疑，这种家庭内部的事情，处理起来存在一定的困难。但是，毕竟有一些法律机构可以提供援助。还有一些民间团体，随时可以站出来，保护妇女儿童不受侵害。至少说，当今社会可以有各种手段，让受害人摆脱种种困境。

然而在三十五年以前，情况却并非如此。

那时，社会上蔓延着一种习俗……别人家的事情不可以随便过问。我自己也持有相同的观念。在这种情况下，即使得知儿童受到身体上的虐待，却也很少有人站出来加以保护。

结果，遇到这种事情，千晶一个人孤立无助，只得任由对方肆意虐待，这最终导致了悲剧的发生。

据说，事情的经过是……那天父亲喝醉了酒，于是死缠住千晶不放。见此情形，母亲一时火冒三丈，拿起一把菜刀想要把父亲赶出家门，结果反而遭到对方的残害。对此现在已经无法得到证实，但这么说也八九不离十。

警察赶到之前，父亲已经逃离现场。后来有人发现，父亲在大年三十的夜晚上吊自杀，死在了东京附近的山坳里。据说在找到本人时，发现他外面穿着一件防寒服，里面只穿了一身睡衣，估计死于案发之后的第二天。

可是——千晶的悲剧，却并没有就此结束。

由于出生在那个不幸的年代，作为一名悲惨事件的当事人，千晶却没有受到应有的保护。

从前，通过收看有关电视报道了解到，当父亲犯下杀人罪，母亲在得知丈夫被警察逮捕后，为了保护儿童，避免未成年人受到新闻报道的负面影响，通常母亲会带着自己的孩子离开家，在亲戚朋友的家中暂避一时。与此同时，作为自我防卫的一种手段……多数母亲会选择离婚改姓，并将孩子转移到其他学校。

尽管每个家庭的情况不同，但只要丈夫被卷入轰动一时的刑事案件当中，母亲通常也会做出相应的选择。一般情况下……即使本人可以忍耐，但无辜的孩子受到牵连，却是无法让人接受。

可是，千晶的情况却没有那么幸运。父母均已离世，没有人出来保护未成年的千晶。记得事发之后不到半个月时间，千晶便像往常一样来到了学校。

请原谅我唠叨起来没完，如果是在现在，千晶一定会受到保护。或搬家，或转学，总会有人出来帮助，让千晶不至于受到周围人的冷眼相待。

实际上千晶却并非如此。

据说那之后，一位住在附近的叔母收留了千晶。这位叔母一向态度强硬，在她看来"那又不是千晶的错，没有必要躲躲闪闪"，对此千晶只好言听计从。

这里并不是说那位叔母的话没有道理——只是她却忘记了一点，这种事情绝非靠一时的正气和勇气就可以解决。

或许是那位叔母担心因此而增加自己的经济负担？抑或是她不愿意改变自己现有的生活？总之，一切都要按照保护人的意见，维持现状。

正因为如此，事件发生后不久千晶便回到了学校，然而一切都变得和从前大不相同。刚一到学校，千晶便成了众矢之的，所有人都用一种好奇的眼光窥视着她，早礼和全校集会时更是有人暗地里偷偷地议论。

也正是在那时，千晶似乎更需要我的帮助。班主任老师也曾表示，希望我能够帮助千晶摆脱一时的困境。

但是，我却感到无能为力。

面对这突如其来的事件，我自己也被吓得惊恐不安——尽管是孩子们的世界，在迅速扩大的冷言冷语面前，我只能是束手无策。

事件以后，千晶的脸上从此失去了笑容。

目睹了自己的母亲被人残害致死，这使得千晶整天失魂落魄，从早到晚紧闭着嘴一言不发。与此同时，千晶被所有人孤立，这更让她一时间失去了希望。事实上，千晶的精神已经到了崩溃的边缘。

"喂！风间，你不是佐佐木的表弟吗？"

这时，一个小学时期的同学开口问道。那是我从前编造的一个谎言，自己早已忘在了脑后。听对方这么一说，我不觉慌了神。

"你胡说，没有的事。"

"唉，我怎么听说……佐佐木是你的表姐？"

"一定是你记错了。你听谁说的？不许你到处胡说！"

总之，我不希望自己受到牵连——不愿意被卷入到事件当中，甚至不惜把千晶抛弃。

如果不发生那一次事件，我们两个的命运或许会与现在完全不同。或许，幼儿园那段奇特的因缘，也有可能让我和千晶走到一起。

但是，现实当中，所有这一切都已经化为了泡影。

记得在事件发生大约两个月之后，有一天，在学校的走廊里，千晶叫住了我。

"风间……对不起，给你添麻烦了。"

千晶主动向我道歉，尽管她自己没有做错任何事情。她面无表情，或许，只是在内心感到了愤怒。

"不，不必道歉……你还好吗？"

现在想起来，作为朋友，那竟然是我最后一次和千晶说话。

"嗯，我很好，以后不会再给你添麻烦了……你要好好学习。"

她说着，脸上始终没有露出一丝微笑。

那以后自从上了三年级，我就再也没有见到过千晶的身影。暗地里，我向班主任老师打听，结果只说千晶一个人把家搬到了母亲的老家附近，从此就再也没有了音讯。

我已经无法记得，最后一次见到千晶，究竟是在什么时候。


从那以后，我一直在为升学考试做着不懈的努力。

正如千晶也所期盼的那样，最后我总算从现在的公立中学，考上了一所"好的私立高中"。可是对于我来说，那着实有些勉强。自从上了高中，我就开始感觉到吃力，稍有松懈就会如实地反映在成绩上。为此，我不得不昼夜不停地拼命追赶。

那期间，每当感到寂寞，我便想起了千晶，却没有打算寻找她的下落。等到寂寞有所缓解，又忘记了那一切……就这样，反反复复不觉之间度过着自己的时光。

高三的时候，我收到过一封千晶的信。

信中千晶并没有谈及自己，只是写了一些有关山口百惠引退的事情，并且在短短的一封信中，同一件事情啰啰唆唆地还写了两遍。一些甚至小学生都能够写出的词组，信里面却成了空白，让人感觉杂乱无章。发信的地址，是埼玉县一个从未听说过的小地方。我在地图上查找了一番，发现那里是一个远离城市的小山村。即使如此——我却没有特意回复。

冬去春来，不久便迎来了大学高考。结果我第一年落榜，复读了一年，第二年同样没有能够如愿考上第一志愿，上了个第二志愿还算小有名气的大学，总算没有让父母彻底失望。我本人则带着一脸的悲哀，成为了一名大学生。

在迎来二十岁成人节之前，一位中学同年级的女生突然打来电话，说要找我商量一件事情。成人节前夕，大家计划隆重举办一期同学会……问我是否可以叫千晶一起来参加。

"千晶……她没有和我们一起毕业呀。"

"正因为如此，某某老师才问，是否应当叫她一起参加。"

中学二年级时，那位老师曾经担任我和千晶的班主任。千晶也曾给那位老师写过信，所以那位老师知道千晶的地址。

"风间有很多朋友。佐佐木也是一样，很多同学从小学开始就是佐佐木的好朋友。为此……千晶不辞而别，转学去了其他学校，许多同学至今放心不下。"

举办同学会，叫千晶一起参加，这没有问题——只是，不知道千晶自己是否愿意来。

"为什么这么说？"

"因为，再次见到中学时期的同学，会让千晶想起那些不愉快的事情……依我看，还是不要惊动千晶的好。"

听我这么一说，那位同年级的女同学也表示理解。

"风间说的有道理，我这就告诉那位老师，请他们不要惊动千晶。"

不久，在举行的同学会上，果然没有见到千晶的身影。当时，我自己也不知道，为什么不愿意叫千晶来参加同学会。

毫无疑问……见到中学的同学，一定会让千晶再次回想起那个悲惨的事件，而且还会引来人们好奇的目光，这对千晶来说未免过于残酷。二十岁上下的年轻人，脸皮像犀牛皮一样厚，见了面难免会刨根问底。

出于这种考虑，我反对叫千晶前来参加同学会，或许也无可非议——除此之外，不知道为什么，我自己也不希望再次见到千晶。

我们曾经长时间在一起，我却没有能够给予千晶任何帮助。为此，我唯恐受到良心的谴责，同样担心受到来自千晶的责备。

说起来，我无疑就是个卑鄙的小人。我一心只想着自己，却完全没有把千晶放在心上。

难道——千晶真的不想参加那个二十岁的同学会吗？面对那些只会嘲笑她的同学，千晶真的从此不想再见到他们了吗？

对此，已经永远无法得到答案。

回想起来，在涩谷的那一次偶然相遇，也许是最后一次确认的机会。当时，我被千晶那一身装束所震惊，根本无暇顾及千晶本人。

更让我感到痛心的是，时间到了我二十五六岁的时候——有一次，在参加完同事的结婚仪式回来的路上，我见到了一位久违的老朋友，他向我转告了一个残酷的事实。

"风间……今天这个日子，提起这话可能不太吉利，你知道吗？佐佐木千晶，她跳楼自杀了。"

不是我夸张，在那一瞬间，似乎地球也停止了转动。

"你胡说！"

"这种事情，我怎么好胡说？佐佐木的叔母和我的母亲在同一个工厂打工，母亲是听那里的人说的。那已经是五年前的事情了，据说是从公寓的楼上跳下去的。"

当时，我双腿无力，膝盖发软，一下子蹲在了地上。

"你果然不知道吗？你们不是好朋友吗？……我想你知道了，一定会感到震惊的。"

面对这突如其来的现实，我一时无法接受，竟然没有流出一滴眼泪。


# 四

在此，如果细数那之后我所走过的人生道路，似乎并没有任何实际意义。一言以蔽之……我的生活并无大碍，一切顺利。

参加工作以后，我和同一个办公室的女子结婚，不久便成为了两个孩子的父亲。随后，送走了父母，经历过一场大病，那之后每天的徒步行走便成为了我生活当中必不可少的组成部分——总之，我至今依旧过着平淡无奇，却又无处不在的普通人的生活。

　　从主观角度说，我本人在不同的时期的确也付出了极大的努力。无疑，我并不认为自己的努力都得到了应有的回报，有些问题根深蒂固，至今仍然无法逾越。

　　例如，与儿子之间的争执，便是一个很好的例子。

　　我有两个儿子，大儿子一路走来平安无事。去年正赶上就业难，人称就业的冰河期，大儿子却克服艰险，顺利地进入了一家大企业。作为父母，我总算松了一口气——可问题是二儿子。

　　原本比起大儿子，二儿子学习成绩优秀，可就在高中二年级的时候，本人却提出了一个意外的请求。

　　"对不起……高中毕业以后，我不想继续上大学。"

　　无疑，作为父母，我早已为儿子设计好了人生道路，二儿子的话让我和妻子感到十分为难。

　　"喂，为什么突然提出这种要求？"

　　二儿子平日对家长言听计从，从不违背父母的意愿，这个时候说出这种话，让我和妻子感到震惊。经过询问得知，二儿子在学校里和一些高年级的学生们结成了一个演唱组合，似乎也还蛮受欢迎。照此下去，如果碰上好运气，或许还可以正式出道。

"说什么傻话，就凭你们这些人，还想成为专业歌手？"

到底是年轻人，不知道天高地厚，简直就是在痴人说梦——从前自己也是一样，总是会异想天开。

"不是不让你搞音乐，上了大学，业余时间同样可以练习唱歌嘛。"

说着，我提出了一个看似妥协的方案，这时二儿子说道：

"那么，我同意父亲的意见……可是有一个条件，请允许我上一个不太有名气的、不用拼命学习也能够毕业的大学，您看如何？"

"你在胡说些什么？凭你的本事，只要稍加努力，不是完全可以考上一所名牌大学吗？"

同样花钱费时费事，为什么不上个名牌大学？

"父亲……很久以来我一直在想，您总是以学历把人划分为三六九等，这无疑是一种歧视的行为！"

意外地遭到二儿子的反击，我一时无言以对。面对事实，我无法否认……这让我感到悲哀。

"在您的脑子里，只有一张高考补习学校印发的大学排名榜单，这张榜单成了您评价所有人的唯一依据。看到电视里的人物，您就会不厌其烦地说……这个人出身某某大学，看上去非常聪明，而那个某大学毕业的家伙就显得很愚蠢。"

我承认，自己的确有看重学历的倾向。这也怪不得别人，更多的是受到了父母的影响。自从参加中学入学考试以来，我就经常和父亲谈论起有关学校的好坏，对于每一所学校的新生录取标准都是一清二楚。

　　"为此，您对待没有上过大学的人表现得非常冷淡……我知道您很努力，但是我却讨厌您这样做。"

　　"放肆！在父亲面前讲话，怎么能这种态度！"

　　我不由得恼羞成怒，大声地训斥起儿子来——但是我知道，这个时候过分强调父亲的权威，只能适得其反。二儿子的一番话，更是触及了自己的灵魂。

　　最终，二儿子还是决定不参加大学考试。对此，我也做出了极大的让步，同意他上了一所专科学校，同时致力于演唱组合的训练。

　　——这孩子，真是不可理喻。

　　面对年少无知的二儿子，我却感到有些力不从心。

　　因为没有学历只得终日劳作的父亲，曾经衷心希望从我这一代起改变现状。学历这东西，有它总比没有它强。有了学历，便可以受到别人（特别是……像我这类人）的尊重，得到比别人更好的待遇。有时见到老同学，也会显得脸上光彩。

　　想到这里，我又禁不住心里一阵好笑。我笑自己，在公司里曾经遇到一个小小的挫折，似乎也正是来源于这一理念。

大学毕业以后，我有幸进入了一家综合商社。那是一家大型的贸易公司，提起它的名字来无人不晓。

自从进入那家公司起，我就自以为成了一名优胜者，按照现在的话说，就是"成功人士"。在这样的公司里工作，一辈子不必担心公司倒闭。手里拿着公司的名片走在大街上，我总觉得比周围的人高出一等。同样是工薪阶层，我却从心里感觉到十分自豪。

可是——就是这么一家出名的大公司，诸如派系斗争之类的社会陋习，在我所在的部门里却表现得淋漓尽致。

说起来，这种现象和中小学里的小圈子并没有什么两样，说到底不过是"利益之争，权力之分"罢了。只是成年人社会表现得更加巧妙，更加狡猾而已。

在和出身同一所大学的前辈一起行动的同时，我也不知不觉地成为了那位前辈所属派系的成员之一。托他的福，一时间我也曾感觉到自己神气十足。

然而世事无常——某一个派系，只要其中的中心人物稍有差池，整个小集团就会被瞬间瓦解。更何况让一个人倒台的理由举不胜举，即使没有也可以捏造，这就是所谓的成年人社会。

在我四十五岁的那一年，我所属派系的主要人物曾经出现过一次严重的垮台。无疑，受其牵连，我也在仕途上受阻。原本即将迁升的职位遭到劫持，作为组织机构的调整，我被调往子公司，成了一名下属机构的负责人。即使如此，没有被鼓励劝退，应当说已经是不幸中的万幸——我因此感觉到内心极大的空虚。

——难道说，我的儿子也要步自己的后尘，走一条和自己相同的道路吗？

回顾自己的人生轨迹，心中无限惆怅。可是说到儿子，却又让我举棋不定。


可是——发生在今天的一个奇迹，为我指明了前进的方向。我不知道应当如何解释，但我知道，在人生开始进入后半场的今天，一个无形的力量，让我看到了希望。

话还要从我所知道的一个人说起，他的名字叫须藤，是位男士，比我年长五岁。

须藤先生是一个小小的房屋装修公司的社长，自从我担任子公司办事处所长以来，他就经常出入于那个办事处。

须藤先生完全秃顶，平时挺着个大肚子，是一个典型的中年男子——第一次见到他，我就感到了一种强烈的厌恶。说起来，须藤先生人倒还蛮热情，只是言谈举止显得有些粗鲁，有时一点小事就哈哈地大声笑起来没完。

因为须藤先生的手艺高超，每次办事处的产品展示厅装修，就全部承包给了须藤先生的公司。我本人平常很少和须藤先生见面，只是在最后工程验收时，才会来到现场查看一番，顺便提出自己的建议。

就是这样一位须藤先生——有一次，听说他对我的这种做法，提出了自己的意见。

"我说那位所长先生，他大可不必那么认真。他只要看上一眼，在验收单上盖个章，不就完事了吗？你们觉得，我说的有没有道理？"

须藤先生这一幼稚的说法，着实触动了我敏感的神经。

老实说，我倒也不是对须藤先生不满。担任这份办事处所长的工作，原本并非出于我的本意。如果不是受到牵连，说不定现在已经在总公司被委以更高的重任——可是现在，我却把一肚子的火全都撒在了须藤先生的身上。

那时，我脑子里闪过的一个念头，让我至今回想起来都感到无地自容。

——你一个高中都没有毕业的人，如何能够在我这个某某大学毕业的人面前说三道四！

曾经听人说起过，须藤先生高中中途退学，其后四处辗转到处给人打工，最终进入了房屋装修的行业。

对于须藤先生的个人经历我无权横加指责，只是自己无缘无故地却大动起了干戈。

正如二儿子所说，自己的确有按照成绩把人划分为三六九等，以学历定终身的倾向。更不能让人容忍的是，我对自己的这一观念居然麻木不仁。相反,还要为自己的这种歧视行为极力辩解。

所有这些,都是后来醒悟以后才明白的道理——在听到须藤先生无事生非的那一时刻,着实让我火冒三丈。

按照权限,我完全可以辞退他所在的公司,选用一家我喜欢的装修公司。但我承认那样做的确有些过分,为此我还是采取了克制的态度。

我的这一情绪和想法,也会在不经意间流露出来。我开始对须藤先生表现得十分冷淡。

饱尝艰辛的须藤先生,敏感地捕捉到了我这一态度的变化,他对自己口无遮拦出口伤人的行为感到了极度的懊悔。

"实在对不起……我并没有恶意,只图一时痛快,于是就信口开河……"

见势不妙,须藤先生赶忙提着一包高级点心前来谢罪。毫无疑问,我对此只能故作姿态……佯装不知。如果承认自己生气,势必有失自己的身份——结果,弄得我里外不是人。

为了消除我们之间的隔阂,就在当天,须藤先生特地安排了一场晚宴。

老实说,我还要为此付出时间,这也并非我的本意。又不是什么永远离不开的人(只要有调令,我随时准备奔赴其他岗位),我认为,事到如今根本没有必要再和他握手言和。

可是，须藤先生却并非如此。他心系着职工的家庭生活，无论如何也要挽回这一局面。须藤先生邀请我和办事处所有成员，甚至包括临时工，准备热情款待我们每一位嘉宾。须藤先生的公司职工也一同参加，就像是两家公司的联谊会。既然如此，我也乐得同意并且欣然前往。

"所长先生，实在对不起，请原谅我一时失言。"

须藤先生不住地道着歉，我的自尊心终于得到了满足，心里充满了优越感。我打算以前的事情就此一笔勾销，从今以后既往不咎。

"那么，该说的话都说了……从此以后，咱们一如既往。"

"噢，风间先生，实在是太感谢了！"

须藤先生向我深深地鞠了一个九十度的大躬。他公司虽小，却也肩负着全体职工的重托，不得不尽心竭力。

听我这么一说，须藤先生似乎放宽了心，于是开始大口大口地喝起了酒，等到宴会结束时，他已经有了几分醉意。

"所长，我们去唱卡拉 OK 吧！卡拉 OK！"

须藤先生拉着我的手，光秃秃的头顶上泛起一道红光。似乎事先已经在附近的卡拉 OK 店预订好了一个大房间，须藤先生的公司职员早已经在那里等候。我原本不善于在人面前唱歌，老实说也没有什么兴趣，可是碍着须藤先生的面子，加上刚刚达成和解，所以只好跟着须藤先生来到了歌厅，唱了一曲新沼谦治的《津轻恋女》，随后便听着大家轮流唱了起来。

"不好，社长……我看您是喝多了。"

即兴之中，仿佛听到须藤先生的公司职员低声说道。我抬头望去，发现须藤先生靠在沙发上，已经醉得不省人事。

"我说，最好还是叫夫人来吧。"

"是的……赶快叫夫人把社长带回家。"

说着，一位职员走出歌厅，给须藤夫人挂了电话。

——依我看，须藤先生今天有点高兴。

我苦笑着脸说道——不过二十分钟时间，走进米一位女子。见到那位女子，我不禁大吃一惊，半晌没说出话来。

——这，不是千晶吗？

只见前来迎接须藤先生的女子，身体有些发福，脸庞却长得和千晶一模一样。

不，那不可能。千晶她，从公寓楼上跳了下来，早已经……

"实在对不起，丈夫给您添麻烦了！"

听那说话的声音，也和千晶丝毫不差。再看那张微笑的面孔，一双细长而清秀的黑眼睛眯成了一条缝，就像一只在阳光下打着瞌睡的猫。

——不要说别人，自己今天也喝了酒。

我强打起精神。这时，须藤先生从沙发上站起身，跌跌撞撞地走了过来，坐在了我的旁边。

"我说，你怎么来了？那好，就请你为这位风间所长，唱上一首吧！"

"那怎么行？我看你是喝醉了，怎么好再给人家添麻烦？"

两个人说着，不由得让我浮想联翩。

"噢，夫人，就请唱一首吧！"

听我这么一说，夫人并不推辞，反倒立刻答应了我的请求。于是，她唱了一首——天地真理的《回忆小夜曲》。

那歌声，依旧和千晶如出一辙。

我望着眼前这位手持麦克风，站在小舞台上引吭高唱的夫人，禁不住回想起小学时联欢会上千晶的身影。

"请问，须藤先生的夫人，她叫什么名字？"

"哈哈，你问她吗？别看她胖墩墩的，歌唱得倒也不坏。"

须藤先生拍了拍泛红的秃头，笑着回答道。

"依我看，夫人并不像您说的那么胖，请问，夫人她叫什么名字？"

"你问她吗？她叫千秋，千秋直美的千秋。"①

须藤先生的话，不由得让我打了个冷战——我放心不下，面对须藤先生继续追问道。

"须藤先生，千秋直美的千秋，那不是姓吗？"

---

① 日语中的"千秋"和"千晶"同音。

"这个吗……也许，也许她就姓千秋。"

"这到底是怎么一回事？"

"她，在二十五年前，曾经遭遇了一次重大的事故，头部严重撞击……从那以后，就丧失了之前所有的记忆。"

我猛然抬起头，眼睛盯住站在舞台上的须藤夫人。见此情景，须藤先生的夫人眯缝起双眼，冲着我微微一笑。

"只是，她唯一能够说出的，就是自己的名字'千秋'。这可能是她的名字，但也不排除是她的姓。"

千晶有一位叔母，她一定知道千晶曾经试图跳楼自杀——可是，为什么又成了这样一个结局？或许，她看到千晶丧失了记忆，借此机会干脆把可怜的侄女彻底抛弃？

"请问，您和夫人，是怎么认识的？……"

听我这样一问，须藤先生一时间皱起了眉头。紧接着他陷入了沉思，随后不紧不慢地回答道：

"说来话长，发生那次事故时，我恰好就在现场。我立即叫来了急救车，医生进行了紧急抢救。于是，以此为缘……"

或许，须藤先生并不愿意把那说成是跳楼自杀。他简单地说明了事情的经过，猛然坐起身来，双手遮在嘴边，冲着妻子大声喊道：

"千秋——"

见丈夫喊着自己的名字，妻子像训斥小孩子一样，在空中挥舞了一下拳头。那样子，看上去就像暴风雨中摇摆着的一棵小树，刚劲、顽强。

"告诉你，从前，我可是'全国糖果组合联盟'的成员呀。所以，我对掌握'叫好'的时间，要求得非常严格……唉，您怎么啦？"

看到我两眼泪如雨下，须藤先生不由得慌了神。

"没什么，没什么……须藤先生，感谢您！真是太感谢您了！"

说着，我忍不住抓住了须藤先生的双手。

"风间先生，难道说……您认识我老婆？"

"不，我不认识。只是，那首歌，让我回忆起了许多往事。"

是的，千晶——你已经记不得我，记不得过去了。与其让你回忆起那些痛苦的往事，还不如把我彻底忘掉。

"这首歌，真是一首好歌。"

不久一曲《回忆小夜曲》结束，千晶，不，是须藤夫人，小心翼翼地来到了我身边。

"您怎么啦？……是不是，想起了什么不愉快的事情？"

我的耳朵清楚地告诉我，那个声音的主人，无疑就是千晶。时隔数十年，她那甜美的声音依然如故。

"噢，不，夫人的歌声，实在是太美妙了。"

听我这么一说，夫人难为情地用手捂住了脸颊。

"我很喜欢这首歌……不知道为什么，每当唱起这首歌，我就会感觉到全身温暖。"

"那是一首令人悲伤的歌。"

我这么一说，夫人又眯缝起双眼，回答道：

"是的，那是一首令人悲伤的歌……可是，其中一定也留下了许多美好的回忆，但我却无法回忆起过去的事情。"

我则以为……那一定也是一种惩罚。心里永远只想着自己，丝毫没有考虑到儿时起就曾经朝夕相处的千晶，那无疑也是对自己的一种惩罚。

"令人不可思议的是，虽然我无法回忆起过去，但是我的心中依然能够感觉到温暖。"

"您说得对。"

我大声地回答，却始终没有勇气抬起头看一眼夫人的面孔。我心里默默地忏悔着——千晶，我无法得到你的原谅，是的，永远无法原谅。

"请问，您真的不要紧吗？"

见我低着头一声不吭，夫人再一次问道。然而夫人那温柔的声音，伴随着年轻人点歌的喧闹声，却被淹没在了渐渐响起的嘻哈族的乐曲声中。

与此同时，小学时期千晶的一首《回忆小夜曲》，又开始重新回荡在我的耳边。

# 她的宝石

时隔已久，我再次梦见了她。

一望无际的平原上，矗立着一棵高大的砂糖椰子，她独自一人倚靠在树干旁。

她身穿一件黄色 T 恤衫，一条红色五分宽松短裤，脚上穿着一双粗犷的白凉鞋。那凉鞋平底平跟看上去式样简约，脚腕上系着的一条袢带，却显得格外潇洒。

那样子，让我至今记忆犹新——盛夏的假日里，在家中她经常是这样一身装束。她一身轻松，在大锅里煮着意大利面，在晒台上摆弄着花架，在沙发上阅读着杂志。

每当那时，她总是会把长长的黑发盘绕在脑后，结成一个吉布森发卷。然而梦中的她，却是一头黑发随风荡漾。黑发遮住了她美丽的脸颊，时而飘扬在脑后，时而在空中飞舞，时而又缠绕在额前。

我无法看到她的表情。可是，从她那随风飘扬的黑发当中，我断定她一定是感到了寂寞。

不久——睡梦中，似乎有人在向她呼唤。

无疑，我无法听到那个声音。

尽管在自己的梦中，却并非是我在呼唤。

这时，她转过头，望着我，用手拂去缠绕在脸颊上的黑发，像往常一样眼睛里露出一丝微笑。我不知道是谁在呼唤她，但是可以看出，她对他期待已久。

她开始显得有些兴奋……睡梦中，我似乎仍然感觉到一线希望。

她抬起右手，轻轻地挥动了几下。

我不知道那是在向我发出召唤，还是在向我告别。我内心孤独，阵阵忧伤涌上心头。瞬时间，我几乎快要窒息。

我猛地惊醒了过来——眼睛里饱含着泪花。

我迅速地恢复了理智，擦拭掉脸颊上的泪珠……


一


我不知道，那是否就是人们所说的爱情。

但至少说，我曾经爱过她，并且实际走进她的生活，给她带来欢乐，我因此而感到欣慰。尽管时间短暂，我们却在同一个屋檐下，以夫妻相称，共同度过了一段美好的时光。

那时，她曾经不止一次地说爱我。无疑，我也深深地爱着她，我们一起度过的日日夜夜，也曾经是那样地令人难忘。

　　尽管如此，我们之间的"爱"，为何最后却以悲剧告终？

　　事实上——她或许也曾经爱过我，可是和我在一起的日子里，她似乎从来也没有感觉到过幸福。

　　说起来，那也并非奇怪。因为，她从来也没有对我产生过"爱情"。

　　爱和爱情究竟有何不同？——这里，我并没有打算像中学生那样展开一场毫无意义的讨论，更没有打算像老叟一样卖弄学识，故意谈论起什么"爱是真心，爱情是别有用心"之类的话题。但是我却隐约地感觉到，那两者之间似是而非——这是我和她在一起生活后感悟出的唯一道理。

　　回想起来，在我们两个人之间，通往婚姻的道路异常平坦。

　　在此之前，两个人从未发生过争吵；我稍事过急的求婚请求，曾经如愿得到了她的接受；决定结婚以后，从仪式安排到结婚场地的选择，再到婚宴的内容、宾客接待，每一个环节都是那样的一帆风顺。

　　现在回想起来，似乎所有这些反倒显得有些操之过急。

　　我和她相识，是在大学时期。我们所在院系不同，却是同属一个英语俱乐部的同级生。即使如此，在那之前我曾经复读一年，她则是应届高中毕业考入大学，从中学或者高中来说，我比她高出一个年级。

那时，她是全校公认的、无与伦比的校花。

她有着一双俊美的大眼睛，一副双眼皮，不高不低的鼻子下配着一张微翘的小嘴，看上去尊贵却又不失亲和。一张椭圆形的脸蛋儿，更加衬托出她苗条的身材，走起路来堪比专业的服装模特儿。事实上，中学时有一次去东京做法事，她就曾经被涩谷的一家影视经纪公司看重，对方还主动向她接近。

由于受到家庭（特别是父亲）的严格管教，这件事最终未能实现。假如那时她能够成为一名演员，与清纯少女相比，她或许更适合表演女强人或者女科学家之类刚劲的角色。现实当中，她并不善于体育运动，比起长篇小说她更喜欢看连环画。可是如果对此有所不知，仅凭外观判断必定得出相反的结论。

自从大学一年级开始，我便加入了学校的英语俱乐部。从那时起，她在俱乐部里就已经小有名气。一些前辈宁愿抛弃自己的女友，也要提出和她交往；为了她而加入英语俱乐部的男生更是不在少数。

"到底是漂亮的脸蛋儿招人喜欢！"

在学校的食堂里，我曾经不止一次地听到同一个俱乐部的女生如此抱怨。

离开英语俱乐部，和她同一个院系的男生，包括外来打工的临时工，更是像苍蝇一样整天地围在她的身边转个不停。

可是，我却不在那一群追梦族之列。

无疑，我同样对她仰望已久——但是我自愧不如，从一开始就不曾有过半点非分之想。

并非我自卑，无论是过去还是现在，我都认为自己只不过是个平庸的男子。严格地说，自己各方面条件都处于人均以下。

我虽然长得人高马大，却骨瘦嶙峋，让人无法恭维。论长相是一副可怜的模样（自己说似乎很难让人相信，父亲就曾经说我"长得像《星球大战》里金光闪闪的机器人"。这话绝不是对我的褒奖，不用说那也只能归咎于父母的劣质基因），运动神经和智商也都非常一般，毫无自负可言……说起来，没有任何可取之处。

即使如此，如果有个像样的兴趣爱好，也还可以引以为自豪。可是偏偏我就爱上了电子游戏，其次是好看的偶像电视节目，再其次总算和体育沾点边儿，那便是投掷飞碟。不是自己说，这其中没有一项能够赢得女人的心欢。

说起我的父亲，更是一个普普通通的公司职员，既不出身于名门世家，也不和著名人士沾亲带故。要说家庭生活也并不富裕——如此全盘否定，难免让人感到有些悲哀。凡事适可而止，总之一句话，我所在的无非是一个随处可见的中等家庭。

不用说，即使条件优越，同样不能保证百发百中地射中意中人。反倒是力争排除不利因素，执意进取，最终也能够开创出一片属于自己的天地。

可是那时的我，却并没有如此自信。

假如她的言行举止让我感受到了一丝的温情，或许我也会穷追不舍……可事实并非如此，这反倒让我越发显得淡定。

现在想起来，那时我看她，就像是在欣赏电视剧当中的偶像，毫无感情色彩。

电视剧当中的偶像，看似面对着自己微笑，实则是在冲着镜头做戏，对此没有人感到怀疑。但是明知如此，许多人却仍然被那嫣然一笑所倾倒，成了偶像的粉丝，在卧室里张贴偶像的巨幅照片，在剧场里挥舞着荧光棒呐喊助威。即使被人嘲笑，他们也不惜为购买 CD 和纪念品慷慨解囊，所有这一切只是因为有了爱。

细想起来，这种与偶像之间的距离，或许更容易让人感受到极大的乐趣……而那时的自己，恰好就处于这种状态。偶尔在学校的走廊里遇上她打个招呼；俱乐部的酒会上和她多说上几句话——仅此，便足以让我感到心满意足。

正是因为如此，我始终没有能够对她倾诉衷肠。

临近毕业前夕，我也曾壮着胆子向她暗示自己内心的情感，却又不知道是否传递到了她的耳朵里。

即使这样，分别之后我仍然感到了心灵上的安慰。有的时候回想起来，我也会暗自感到满心欢喜。

现在回忆起来，我所做的这一切，似乎对她也恰到好处。

与其说在对方面前海誓山盟，摆出一副势在必得的架势，倒不如通过相互之间的交流，婉转地表达出自己的心愿。例如，"我对你的印象非常好，希望能够继续保持联系"。这样做可以给对方留有充分的余地，事后处理起来也比较简单，更不会伤害对方的感情。

或许正是出于这一原因，她才选择了和我结合在一起。

那之后不久，我大学毕业，顺利地进入了一家化工公司。

老实说，那之前我并未对这家公司抱有任何兴趣。考虑到那一年严峻的就业形势，能够顺利地找到一份工作，就算是受到了上帝的宠爱。但毕竟是一个完全陌生的领域，心中的不安也随之膨胀。

"你说什么？人嘛，自身的成长决定于所处的环境。不必担心，干起来自然就会感觉到乐趣。"

我一边试穿着新买来的制服，一边听父亲这样说道——我觉得，父亲的话的确也有道理。

毫无疑问，人们所处的环境，可以使思维变得更加灵活。

进入公司后，最初我忙得手忙脚乱，甚至连方向都搞不清。随着时间的推移，我逐渐开始走入了正轨。等到积累了一定的经验，我反而从工作当中尝到了乐趣。那就好比是格斗游戏，在反复对战的过程当中逐渐掌握了复杂的操作技巧，最终可以随心所欲地使出更多漂亮的招数。

参加工作不到一年时间，我便能够独立地完成领导吩咐的许多工作。

尽管在上级的眼睛里我还很不成熟，自己却大大地增强了自信，在公司的时间也开始变得特别愉快。在学校的时候，我还担心自己无法忍受公司的约束，看起来环境的确可以改变人啊。

就在这时，一个偶然的机会，在八重洲附近我再一次见到了她。

现在回想起来，那一次的偶然相遇，成了我和她命运结合的重大转折，一切都将由此开始。否则，只会让我变得更加悲哀。

那一次，她首先主动向我打着招呼。

那天，我去外地出差当日往返，刚刚回到东京。时间已经是傍晚六时左右。在返回公司之前，我打算顺便去一家大型的书店，买一本工作当中所需要的书籍资料。我独自一人急匆匆地走在大街上——这时，无意之中听见了她的声音。

我急忙转过身，看见她就站在我的左侧斜后方。她身着一件浅驼色的连衣裙，外面套着一件橘黄色的夹克衫。

"啊，果然是小岛君。"

我姓岛崎，大学时期朋友之间都称我"小岛"，我也从未表示过拒绝。

"噢……好久不见了。"

眼前的她，比起学生时期成熟了几倍，看上去更漂亮了几十倍，这越发让我感觉到了几百倍的紧张。我顿时变得浑身僵硬——那时的我，就像是全身关节被螺丝钉紧固的机器人，呆呆地站在原地动弹不得。

"怎么样，工作习惯了吗？"

像学生时期一样，她用和蔼的语气问道，顿时让我感觉放松了许多。只是……想起临毕业前壮着胆子向她做出的一番表白，又让我感到有些无地自容。

"噢，还算可以，你怎么样？"

"我吗，工作也还习惯……只是和想象的不一样，时常让我感到有些为难。"

听我这样一问，她皱起眉头回答道。看到自己喜欢的女人显示出为难，没有一个男人会把她的话当成耳旁风。

"我看不要站在这里讲话，我们一起去喝杯咖啡好不好？到底是好久没见了。"

我依然表情紧张地开口说道，那声音毫无起伏，像是机器人发出的电子音。她听了以后扑哧一笑，立刻答应了我的请求。原本应当立即返回公司，此时我却故意忘记了工作，和她一起来到了一家咖啡屋。

说起来，我和她两个人在一起——不，是和自己喜欢的女人单独在一起，这在我有生以来还是第一次。像这样面对面地喝着咖啡，单独一个人占有着她的时间，对我来说又是何等奢侈的事情！

"你说和想象的不同，那到底是怎么一回事？"

我这样问过以后，她首先表示"不愿意在别人面前总是抱怨……"，随后便断断续续地诉说起自己内心的烦恼。

　　原本无拘无束的大学生，猛然间走上社会，成为了一名公司职员，开始时一定会感觉到诸多的不适，这也是无可奈何的事情——可是她所说的烦恼，似乎又和这有所不同。

　　她就职的公司，是一家知名的大型综合建筑公司。

　　说起建筑公司，常常会给人以粗鲁的感觉，这与她那天生柔弱的形象似乎有些格格不入。可是她却以此作为了自己的第一志愿，从而引起了大学时期同学们的广泛议论。

　　"哈哈，看来她是想要傍上一个在建筑公司工作的男人……没想到，她还是一个很讲究现实的女人。"

　　有人这样嘲笑她。无疑，与这种企业当中的男人结婚，足以保证一辈子生活稳定。

　　对于她的这一选择，我既没有感觉到丑陋，也没有感觉到狡猾。

　　最大限度地发挥自己的能力（无疑，对于她来说便是自己的美貌），开创自己理想的人生，原本就无可厚非。更不要说，为了通过公司的测试面试，她也付出了极大的努力。

　　就是这样一个她曾经为此付出努力的公司，现在却让她"感到有些为难"。

　　"我……原本打算从事开发工作，可现在却做了一名接待员。"

她一边喝着咖啡，一边抱怨道。

"请你说说，开发部门主要从事哪些工作？"

"简单地说，就是去海外修公路，架桥梁。"

早就听说，日本的建筑公司在发展中国家承包了许多公路和桥梁的建设项目——她所希望的工作，总不会是这类规模庞大的事业吧？

"上高中的时候，作为修学旅行，我去过东南亚的 T 国……那时，我参观了许多地方。"

和我不一样，她上的是一所私立高中。在那里，作为修学旅行，学生可以得到许多去国外参观的机会。据说她所在的高中，包括美国和英国在内，可以有多种路线供学生选择。其中，她选择了参加 T 国旅行的路线。

"那么，选择 T 国作为修学旅行……当时是出于何种考虑？"

"要知道，美国和英国以后总还有机会，并且行程表当中显示的都是些旅游胜地。相反，T 国计划参观的地方，则是一般旅游客人无法到达的地方。毕竟是修学旅行，况且对方还为此提供了许多的方便。"

"那么，都参观了哪些地方？"

"参观了山岳民族的村寨，深山里的孤儿院，还有艾滋病患者的医院。"

不用说，那是一次极有意义的修学旅行。

"从那时起我就发誓，毕业以后要从事对发展中国家有意义的工作……可是没有想到，却做了这份接待员。"

作为局外人，我觉得……那个开发部门一定是以男人为主的地方。

我并不是说，女人就一定不适合。可毕竟那种工作非常辛苦，有时还要亲临施工现场，并且一去就是几年时间。

"即使如此，我也非常乐意。"

听我说完，她坚定地回答道——那目光，就像是茫茫夜空当中一颗灿烂的明星，散发出耀眼的光芒。


二


自从那一次偶然相遇之后，我便经常和她见面。

让我感到意外的是，我竟然成了她倾诉烦恼的最佳对象，这在学生时期完全不可想象。

至于说原因，我并不想过多地考虑。只是在一起说起话来，双方都意外地感觉到彼此之间非常契合。学生时期，她的身边总是会围绕着一些人，我甚至没有上前说话的机会，那似乎也是无可奈何。

不久，她开始直呼我"小岛"——我则依旧在她面前以姓氏相称。有一次，我鼓起勇气向她问道：

"为了表示亲切……我可不可以直接称呼你的名字？"

"啊，这种事情，还用一一确认吗？"

她睁大了眼睛说道。随后，又眯缝起双眼微笑着回答道：

"可以，就算小岛特殊，允许你用名字称呼。"

她的名字叫彩织——这个名字并不稀罕，可是要直接用名字称呼的话……

"那么，你说说看！"

"彩、彩织……"

"为什么突然变得那么紧张？"

"猛然叫起来，还有些不习惯。通常，我很少直呼女孩子的名字。"

不是我自夸，用名字称呼女孩子，全世界只有我妹妹一个人。

"我说小岛，你真是没出息。"

最终我还是决定，在她的面前以她小学时候的爱称"小彩"相称。从那以后，她称呼我"小岛"，我则称呼她"小彩"。

或许有人会说……顶多不过是个名字，怎么称呼也都无所谓，但事实并非如此。在我看来，亲切的称呼，可以把人与人的心拉得更近。

有事实为证，从那以后，我和她之间的距离越走越近。

我碍着面子很少采取主动，相反她一有时间便给我打来电话，约我一起逛街，一起聊天，一起吃饭。

说出来不怕别人笑话——那时的我，高兴得几乎有些得意忘形。

如此可望不可即的女人，如今却像仙女下凡一般来到了我的身边。试问，哪个男人会不因此而感到欣喜若狂？

本以为伴随着大学毕业同学们各奔东西，我对她的思念也就因此而画上了句号。

可是没有想到，失去的记忆如今却要死灰复燃，难道是自己受到了上帝的宠爱？学生时期未被点燃的"爱情"，如今将要成百上千倍地再一次燃烧起来。

无疑随着年龄的增长，人也变得更加理智，再也不会像从前那样采取贸然的行动。我一方面小心谨慎，唯恐两个人的关系受到伤害，另一方面又在暗中摸索，伺机冲破横亘在两个人之间那看似不可逾越的高墙。

就这样，随着双方交往的不断加深，以往蒙在她面前的神秘面纱被逐渐揭开，我也开始对她有了更广泛的了解。

通常，人总是会显得非常愚蠢——他们寄希望于从表面得到更多的信息，结果往往却是一无所获。他们不设法从生活当中获取第一手资料，仅凭观看电视或者杂志中的广告宣传，并以此借题发挥。

例如，人们会主观判断……那些天生美貌的女子，一定会对梳妆打扮要求得非常苛刻，对名牌产品有着特殊的需求。

我本人也曾经犯过类似的错误，幸好及时地向她本人确认，从而避免了步入可怕的迷宫。

"我不喜欢那些东西。身上带着那些贵重物品，让我感觉坐立不安。"

为了挑选她的生日礼物，我曾暗地里征求本人的意见——结果发现，她对那些高级名牌产品丝毫不感兴趣。相反，她对于自己喜欢的用作绘画工具的水彩颜料，以及那些价格不菲的画册却是十分渴望。

除此以外，最能够让她感到高兴的——莫过于静静地倾听她诉说自己的心愿。

"小岛，我想，你一定没有去过 T 国。你去了以后，一定会感到非常惊讶……那个地方非常漂亮。"

高中时候的经历，给她留下了极其深刻的印象，让她至今对 T 国难以忘怀。毫不夸张地说，从那时起她便和 T 国结下了不解之缘。

其实那倒也不难理解，正是为了对 T 国的发展做出贡献，她才毅然决然地选择了建筑公司的工作。每当谈论起 T 国，她更是表现出一副认真的样子，甚至让人觉得……她的前世或许就来自 T 国。

"那里有一望无际的稻田，稻田中央是一条笔直的公路……公路两旁种植着砂糖椰子，就像是两排路灯。喂，你听说过砂糖椰子吗？"

见我摇了摇头，她便取出了笔记本和自动铅笔，特意为我描绘了一张精美的砂糖椰子树的图画。

前面曾经提到过，她的兴趣爱好是绘画，水平非一般人能够比拟。

修学旅行去 T 国之前，她也曾认真地考虑考取美术学院，并为此设法得到父母的同意。因为有了新的人生目标，所以最终放弃了原先的想法。即便如此，作为兴趣爱好，她也会不时地画上一幅图画自娱自乐。

"像这样，和普通的椰子树相比较，砂糖椰子的叶片较小，羽叶呈扁平状，整个树木看上去高大挺拔，却显得非常可爱。"

她一边用手指着画好的砂糖椰子一边解释道。那热情奔放的口吻中充满了自信，又充满了对 T 国的一片爱心——大学时期，我完全想象不出她竟然还有如此狂热的一面。

或许别人也有过同样的感受。像我一样，但凡和她交谈过的人，都会对她那种谈吐不凡的气质留下深刻的印象。

说起 T 国，那里既无她的亲朋又无她的好友，可为什么她会对 T 国怀有如此深厚的感情呢？这对我来说似乎成了个谜。在我看来，那里完全是一个陌生的世界，她却要为此贡献出力量，其中一定有着鲜为人知的故事。

"我不知道应当如何解释，我觉得，那对我来说就像是一块宝石。"

记得有一次，当我问起她为什么对 T 国怀有如此深厚的感情时，她曾经这样回答道。

"我并不是对 T 国本身有什么留恋。就像你说的一样，我在 T 国既没有亲戚也没有朋友，对我来说那里的确是一个陌生的世界。"

"那么，你是想要对什么人有所帮助吗？"

"我不知道应当怎样说，但也并不是那个意思。如果那样的话，自己身边不是也有许多需要帮助的人吗？"

的确，她说的也有道理。

"我自己也说不清楚，可我总是觉得……我有能力，用自己的双手改变这个世界。"

说完，她双臂环抱在胸前陷入了沉思。看她那副表情，似乎依然在为无法表达出自己的想法而感到遗憾。

我则觉得，她的这种担心也不无道理。

例如，人们被宝石那迷人的魅力所吸引，但是却又无法用语言准确地表达出自己的感情。

"因为它闪闪发光""因为它红得似火""因为它晶莹剔透""因为它光辉灿烂"——无论人们用怎样的语言描述，却都不足以表达出内心真实的感受。

结果不得不说，事实上，人们很难通过语言完整地向外界表达出自己的内心世界。


然而遗憾的是，她的心愿似乎很难得以实现。

那之后一有机会，她便通过人事部门向上级领导提出请求，希望能够从接待部门调到开发部——可是，第二年度结束时人事调动的结果，她却被调到了秘书科。

"这叫什么公司！真不知道他们是怎么想的。"

宣布人事调动的当天，她给我打来电话，我们一起来到了位于四谷的一家酒吧，当着我的面她开始发起牢骚。

"为什么要让我当秘书？我根本不想做那种差事。"

我觉得……那一定是由于她的外表过于出众。

一位近乎模特儿的美女，被安排在接待或者公司领导秘书的岗位，以期达到提升公司形象的目的，这似乎也是合情合理。从某种意义上说，那也是人事部门积极发挥她"美貌"的能力，为公司做贡献的体现。

无疑，在她所供职的公司里，女职员们对于被选作当一名接待员或者公司领导的秘书，并没有表示过不满。相反，对于多数女职员来说，能够担任这一职务更像是一种名誉的象征。

即使如此，我又不能在她面前直说，只好绕着弯子对她表示安慰。

"作为局外人，我觉得开发部门的工作一定非常辛苦。让年轻的女职员从事这种工作，公司很难做出决定，毕竟她们要结婚，还要生小孩儿。"

我婉转地表达出自己的意见，可是她却瞪着眼睛回答道：

"你说得不对！我早就调查过，从前也有一位女职员，被分配在开发部工作，还去T国工作过两年。"

"你说从前，那是在什么时候？"

"是在九十年代初期。"

九十年代初期，恰好是日本泡沫经济的鼎盛时期——那时，她所在的公司一定也非常忙碌。

"那种情况……或许也只是一个特例。"

"可无论怎样，毕竟也有了先例。"

她就像是个难缠的客人，不停地责备着公司是老顽固。毕竟泡沫经济时的情况和现在完全不同……为此，她的主张根本无法立得住脚。

"既然如此，我宁愿辞职。"

发了一通牢骚之后，似乎心情也开始恢复平静，于是她叹了一口气说道。

"即使继续待下去，也不可能从事自己喜欢的工作……还不如去旅行社，成为一名专门从事T国旅游的向导。"

这倒也不失为一个好主意，我心里想着。

即使不能盖高楼架桥梁，却是可以向更多的人介绍T国的魅力，同样可以为T国的发展做出贡献。时间长了，去那里的人多了，也能够让T国人民过上富裕的生活。

但我却不能这样说。在我看来……如果她真的去了 T 国，我岂不是鸡飞蛋打，最终还是落得个两手空空？

事到如今，说出来倒也无妨——我对 T 国根本没有像她那么多的兴趣。尽管听了她的故事以后很受启发，却并没有对 T 国产生特别的感情。

对我来说，T 国不过是东南亚一个普通的国家而已。

说起那个国家的名字，让人联想到的是阳光明媚的沙滩，身穿黄色袈裟的僧侣，赫赫有名的拳击手，还有那色美味香的绿色咖喱。除此以外，那个国家似乎与我无缘，并不需要我给予更多的关注。如果不是她对 T 国如此热心，我对那个国家更是漠不关心。

"小彩，不要随便说什么辞职，我不赞成你那样做。"

看见她在发牢骚，我回答道。

"曾经为此付出努力考入的公司，不到两年时间就要提出辞职，总会让人觉得有些惋惜。而且，作为领导秘书，从某种意义上说，不也是个好机会吗？"

"你说什么？我可不想整天伺候那些老家伙。"

老实说，她还是个酒仙，以往喝酒从没见她醉过（在一起喝酒，总是我先败倒在饭桌前）。可那一天，她却喝得面红耳赤，说起话来舌头也有些发直。似乎心里有了不愉快的事情，酒量也显得不如从前。

"要知道，作为一名秘书，从早到晚都要围着领导转。如果有什么要求，不是随时都可以向领导反映吗？"

现在想起来，自己的这番话不过是为了不让她感到失望，一时想出的权宜之计。可是——对于早已失去信心的她，却意外地非常具有了说服力。

"原来如此……小岛的话很有道理。这种事情，人事部门不同意，向领导直接反映，或许能够得到他们的帮助。"

说着，她猛地从饭桌上抓起了我的手。我一时惊讶，感觉到呼吸紧张，却没有打算把手撤回来。一时间，我觉得时机已经成熟，只是没敢轻举妄动。

"看起来，只有小岛最能够理解我。"

她一边说着，情绪开始逐渐恢复平静。见此情景，我的心情也变得越发复杂。但见她有了一点希望，我也感到了一丝欣慰。

回想起那个晚上——面对她的烦恼，我居然只想到自己，一时间竟然会变得如此自私。

如果她真的去了 T 国，我将再次失去眼前的一切……即使如此，我却在口头上表示支持，以期达到暂时的平稳。

不仅如此，我还在内心当中盼望着她早日丢掉幻想，建立起新的希望。

我禁不住扪心自问，自己究竟爱着她什么？

# 三

在她二十六岁的那年，我们结婚了。

我突然这么说，似乎显得有些唐突——之所以如此，更多的是因为她丢掉了原来的幻想。

她所供职的公司，最终也没有能够满足她的要求。

详细情况只有去问她的上司，在我看来……或者是因为来自海外的订单急剧下降，抑或是因为开发工作依旧无法交给一个年轻的女子。

除此之外，父母开始催婚，也成为了她回心转意的原因之一。

说起来或许显得我不孝顺，她出生在一个思想极其保守的家庭，父母都是顽固的守旧派。

按照父亲的话说，"女孩子最多在外面工作两三年，到时候就要辞掉工作回来嫁人。"在父亲看来，女孩子外出工作，不过是为了找个好婆家而为自己贴上的一层金。

母亲基本上与父亲持有相同的观念。对于父母的说教，她根本无法抗拒。如果公司的工作能够让她满意，她也会坚持为此付出努力。可是整天只是在公司里做一个花瓶，这更是大大地挫伤了她的锐气。

"我后悔……自己为什么是个女人。"

那时，我不止一次地听她这样说道。可是对于我来说，正因为她是女人，才使得我如此魂牵梦萦。每当她这样说，便引起我的阵阵心痛。

最终，由于她所担任秘书工作的一位公司领导的性骚扰，让她的忍耐达到了极限。

说起来，倒也没有达到触摸身体，或者强迫发生关系的地步——那位公司领导，一有机会便试图以各种贵重物品向她发出诱惑。

其中用来诱惑的物品多为名牌产品，价值少说也在三十万日元以上，从某种意义上说，那位公司领导的阴险企图暴露无遗。只要接受了他的一次诱惑，以此为借口，不知道那位领导会提出怎样的要求。

为此，她婉转地拒绝了那位领导送来的礼物。可是这种事情多了，时间一长那位领导的态度明显地发生了变化。

"我实在忍受不住了。"

那一年的冬天，在那家我们两人常去的位于四谷的酒吧里，她一边说着一边流下了眼泪。

"我知道你都是为了我好，可是我的忍耐已经达到了极限。像这样继续待在那个公司里，永远也不会有出头之日……现实情况就摆在眼前。"

的确，正如她所说的那样，继续留在公司不会给她带来任何希望。相反，只能永远是寄人篱下，任人摆布。

学生时期，见她如此受人宠爱，就有女生会抱怨说"到底是漂亮的脸蛋儿招人喜欢！"那时，她们无论如何也不可能想象得到，美女自然也有美女的烦恼。

"看起来，我的希望似乎与社会格格不入。也许，我更显得年轻气盛。"

修学旅行时看到 T 国的现状，她便下定决心要为 T 国的发展贡献自己的一份力量。可毕竟那时还只是个高中生，对于残酷的社会现实没有任何的了解。即使如此，把自己单纯的想法说成是年轻气盛，似乎又让人感到悲哀。

"父母一再催我结婚，让我无法招架……为此我也想赶快找个人家，结婚了事。"

一次，她无可奈何地说道。

"找个人家？"

"是呀！既然打算结婚，不是先要找个对象吗？"

满脑子里整天只想着 T 国，事到如今她居然还没有一个男朋友。作为领导秘书，很少接触到异性，或许也是不幸中的万幸。

"不必再找了，我们俩结婚，不是很好吗？"

听我这么一说，她立刻瞪起了眼睛。

"我们俩结婚？"

现在想起来，当时我着实有些大胆——实际上，我那也是瞅准了时机，见机行事。不用说我当时也喝了点酒，但毕竟还是看透了她的心思，觉得似乎水到渠成。

"噢，的确，或许你也可以考虑，首先说，你对我的事情最能够表示出理解。"

她的话终于让我明白，迄今为止她并没有把我当成自己的男友。最多也只是"可以考虑"的对象而已。

但我知道，即便如此，我也决不能灰心丧气。那一瞬间，我感觉时机已到，正好可以借此冲破横亘在两个人之间的高墙。

"是的，小彩，如果你愿意，我们俩结婚吧！我发誓一定会让你幸福的。"

让你幸福——这是求婚时男人经常说到的一句话。可是迄今为止，我对这句话的真正含义似乎并不理解。究竟怎样才算是给对方带来幸福？

比如说，满足了衣食住，就是给对方带来幸福了吗？

或者说，过上了富裕的日子，不为金钱发愁，就是给对方带来幸福了吗？

而另一方面，两个人共同建立起自己的家庭，共同开创出自己的一片天地，难道不是最大的幸福吗？

在我看来，那种把幸福当成是玩扑克或者打麻将——只贪图一时的痛快，那是对幸福的一种曲解。这种情况下谈论所谓"幸福"，只能让人感到悲哀。

……如此这番，在向她求婚的同时，我的脑子里却想到了这些，让我久久不能平静。即使如此，我仍然为此做出了不懈的努力。我知道，眼前不是谈论那些事情的时候。

"我说你，不觉得自己有些操之过急吗?"

我屏住呼吸等待着她的答复，她却漫不经心地对我说道。

"我们还没有正式交往，可你却突然向我求婚……"

的确，当时我们还没有正式确立恋爱关系，最多不过是好朋友。

"那么，我们可不可以在一起谈恋爱?"

"我说，这话怎么听着那么别扭。"

"我不知道应当怎样说。"

那之后，我又着实被她耍弄了一番，但是最终我却成功地从她的口中得到了如下承诺——"我会积极考虑你的意见"。


最终，她积极考虑的结果，决定和我结婚。对于我来说，这无异于是我人生当中击出的一个最精彩的本垒打。

那之后，如前所述，通往婚姻的道路异常平坦。

她因为结婚而辞去了工作，我们举行了一个颇具规模的结婚仪式，随后在父母的帮助下，我们搬进了位于郊外的一座新居。

我仰望已久，最终把她迎娶到家，一时感到春风得意——可老实说，这又让我从内心感觉到了一丝愧疚。

不用说，亲朋好友们欢聚一堂，对新郎新娘表示祝福，这同时也就打消了她脑子里的所有希望。

她所在公司的同事，她的父母，甚至整个社会的舆论，有力地束缚了她即将展开的翅膀，让她平稳落地，从此开始了人间的生活。

其中表现得最为圆滑的，莫过于我本人。

我表面上对她的希望表示理解，内心里却盼望着她早日丢掉幻想。我一方面把她束缚在自己的身边，另一方面又始终面带微笑。我提出的一些似是而非的折中想法，让她不断地产生各种幻觉。

实际上，结婚以后她就再也没有提起过 T 国的事情。我想，重新提起那个国家，必定会再一次引起她内心的创伤。

对于她的这一细微变化，我早已有所察觉——那时，我突然想起了父亲曾经说过的一句话。

"人嘛，自身的成长决定于所处的环境，所以不必担心。"

是的，人们所处的环境，可以使思维变得更加灵活。她自身的成长，一定也会随着环境的变化而改变。

随着时间的推移，目前还无法预测她所处的环境将会发生怎样的变化。但是可以肯定，在一起生活之后，她就会习惯新的家庭，并以此感到满足。最终，她也会改变过去的想法，看到自己年轻时立志要为 T 国的发展做出贡献的念头该是多么的幼稚。

——是的，我坚信，那一天一定可以到来。

我曾经对此确信无疑——可是，现在我可以毫不隐讳地说，正是因为我的这一麻痹思想，最终注定了我们之间的爱必然以悲剧而告终。


# 四


我们的新婚生活原本幸福美满。至少在婚后的第一个年头，我们两个人之间充满了欢乐。

在此之前，我自以为对她有了一定程度的了解。可是在一起生活之后，我便开始感觉到，我们之间不论是在思维还是在对问题的理解上，都存在着一定的差异。

例如，我生在关东长在关东，而她出生在东北，两个人在饮食习惯方面存在着很大的差别，对于每年举行的祭祀活动的感受也不尽相同。

每当遇到这些问题，便会引起我们之间一阵热烈的讨论——其中至今让人记忆犹新的，莫过于那段孩时的儿歌。

记得那是结婚之后不久，一天在饭桌上，她不小心碰倒了酱油瓶子。

"喂，喂，捅娄子啦！"

面对洒满一桌子的酱油，她赶忙抓起一块抹布擦拭了起来。在一旁得意忘形的我，却像个小孩子一样拍着手喝起了倒彩。

"喂——喂——快来看哪，不得了啦，不得了啦!"

说起来……我当时被幸福冲昏了头脑，的确显得有些幼稚，为此我还应当求得她的原谅。

这段儿歌，相信所有人都知道。小的时候，如果谁做错了事情，就会有人拍着手唱起来。

"喂——喂——快来看哪，不得了啦，不得了啦，快去告诉老师吧!"

我本以为她也知道这首儿歌——可当我唱起来时，不知为何她却瞪起了眼睛。

"……我说，你这是什么意思?"

"嗯? 你不知道这首儿歌吗?"

或许在她的家乡，这首儿歌并没有被大家传唱。

听我这么一问，她噘着嘴不高兴地回答道:

"你该不是在小看人吧? 我当然知道这首儿歌……可是，并没有开头的'喂——喂——快来看哪'那两句。'喂——喂——'还可以理解，'快来看哪'是什么意思?"

不过是首儿歌，她却如此认真起来，让我感到了为难。

"在我们那里，这首儿歌是以'不得了啦，不得了啦!'开头的。"

“不对，这首儿歌本来就是笑话做错事情的人的，所以有开头那两句才对。”

如此看似毫无意义的事情，我们两个人却为此争执不休。至于说哪个歌词正确，最终也无法得出结论——只是，在那个没有网络的年代，同一首儿歌能够在日本全国广泛流传，实在是令人不可思议。

“或许，人们是从电视机里听到这首儿歌的?”

就这样，争议总算有了个结论——而我却依然对此充满了好奇心。经过一番调查我发现，这首儿歌虽然在日本广泛流传，但是在不同的地区，歌词也发生了一些变化。除此之外……这首儿歌早在四十年代中期便开始在日本各地广泛流传，曲作者不详。

我把调查的结果告诉了她，她却似乎对此并不感兴趣，坐在沙发上，手里翻阅着一本杂志，只答应了一声“嗯”。

“可是，那首曲子有时听起来让人感到悲伤。”

毕竟家里只有两个人，于是她又心不在焉地补充了一句。

“照你这么说……只哼哼曲子，听起来倒也有些像俄罗斯民谣。”

最终结果，这一略带悲哀不过是一首儿歌的旋律，或许当初只来源于生活，随着时间的推移，又开始传遍全国。如此看来，可以说日本民族原本就适合这种脍炙人口的小调。

对于这一结论，我再一次征求她的意见。

“请问，你觉得如何?”

"我对此不感兴趣。"

她说着，抬起了头，冲着我嫣然一笑。

从那以后只要我做错了什么事情，她便拍着手高喊着"喂——喂——快来看哪"，以示对我进行报复。她不使用自己家乡的歌词，故意使用关东地区的版本，似乎这样更能够让我感觉到刺激。

我们在一起彼此之间有说有笑，让我感到生活中充满了欢乐。

记得一次在晚餐的饭桌上，她突然愁眉苦脸地对我这样说道。时间正值婚后开始进入第二个年头。

"喂，小岛……最近，我总感觉有些郁闷。"

结婚以后，她也改为姓岛崎。即便如此，她依然称我"小岛"。无疑，我也依然称她"小彩"。

"每天总是一个人关在家里，真好比是度日如年，照这样下去早晚积虑成忧，我看上去很快就会变老的。"

她这样说，我心里非常理解。自从辞去了那家大型的建筑公司以后，她就很少离家外出。像这样总是把自己关在家里，任何人都会感到郁闷。

可老实说，其中还另有原因。

她的父母一再表示，希望早日抱上孙子。为此，对于她再次出去工作，父母的态度一向很消极。

前面说过，她出生在一个思想极其保守的家庭，父母都是顽固的守旧派，对于以往旧的经验，或者道听途说的祖传法则十分重视。

按照她母亲的说法——女人结了婚如果还继续工作，就很难怀孕生小孩。

——要说每天疲于奔命的女人，的确不大容易怀孕。

听她母亲这么一说，我条件反射地想当然认为有道理——可母亲却是从另一位朋友那里听说，那位朋友的女儿从事美容师工作，工作期间一直没能怀孕，辞了职以后没过几天就怀上了孕——对于这一所谓的"自然规律"，她的母亲确信无疑。

为此，她的母亲禁止自己的女儿外出工作。另据可靠消息，说起来让我感到羞愧难言……据说男人每天晚上吃上十碗咖喱饭，老婆就一定能怀孕。为此不容分说，我家每天晚上的饭桌上一定少不了咖喱饭。

"随便什么都可以，我打算出去找点事情做。"

她的心情我十分理解，可即使只是打零工，如果被她的母亲知道了，必然会惹得老人一百个不高兴。

最近，她的母亲总是会出其不意地往家里或者她的手机上打来电话。如果她出去打工被母亲知道了，母亲就会说……如果丈夫挣不来钱，我们老两口可以每月接济你们，结果弄得我好一个没面子。

"依我看，不妨出去做一些志愿活动。你不是很喜欢 T 国吗？在公司的时候没有机会实现自己的理想，现在作为个人，同样可以为 T 国做出贡献呀。"

让我万万没有想到的是，最初把她引上这条不归之路的不是别人，竟然是我自己。

我时常会想……只要说起 T 国，她就会感到异常的兴奋。为了能够让她重新振作起精神，首先应当帮助她找回希望。毕竟她未能实现自己的理想，我也有不可推卸的责任。

"太好了！你真的同意吗？"

那时，她不止一次地征求我的意见。与此同时，她也曾感觉到我对 T 国没有任何兴趣。

"我当然同意，可是有个条件，只要你不抛家舍业，置家庭于不顾……你可以随便做自己喜欢做的事情。和外出打工不一样，志愿活动不必担心受到时间的限制，母亲打来电话你也可以放心大胆地和她讲话。"

听我这么一说，她立刻站起身回到了自己的房间，取出来一本薄薄的小册子，拿在手里对我说道：

"说实话，从前一起去 T 国旅行时认识的朋友们，大都加入了这个组织，如果你同意的话，我也想参加。"

"噢，你说自己郁闷，原来是为此设下的圈套？"

"这个吗，我也不知道。"

"不愧是小彩，还是那么聪明。"

说着，我从她的手中接过小册子，翻阅之后得知，原来她要参加的这个组织，是为了在 T 国的山区修建学校，组织资金募捐活动。

据说在当地，只要有五百万日元，就能够修建起一座有两间校舍大小的学校。可是这个组织的活动不仅仅是募集资金，同时还负责学校建成后的教师招聘，以及学校运行等各方面的工作。换句话说，这是一个"值得信赖"的组织。

"在日本国内的活动主要是募集资金……我们会走访有名的大企业，希望他们提供资金赞助。"

"还要走访企业吗?"

很少听说志愿者走访企业。与站在街头公开募捐相比，走访企业的确可以达到事半功倍的效果。

"这个人是组织的发起者，他是一位很了不起的人物。"

说着，她用手指了指小册子下方一位中年男子的照片。

记得，当时自己的确看了一眼那张照片。在我的印象当中……那是天生一副令人生畏的面孔。

可是事到如今，我怎么也想不起来他的模样。

或许，我的个人意志拒绝让我记住他的那张面孔——如果她和他不曾相识，更不会发生那之后一连串的事件。为此，无论是有意还是无意，无疑他都是我天生的敌手。

自从加入了那个组织以后，她像是迎来了生命的春天，重新焕发出往日的朝气。她看上去表情也显得欢快，整个家中再一次充满了生机。

晚上下班回到家，看到她那满面春风的笑容，瞬间便驱散了我一天的疲劳。参加志愿者活动给她带来的喜悦，同时也让我切实感觉到了实惠。

"小彩，告诉母亲，让她不必担心！"

我需要做的，似乎仅此而已。

只是到了晚上——她就会趴在我的耳边说"千万不要让我怀孕"，结果弄得我也不知道应当如何是好。

"现在，我觉得每一天都过得非常充实……早知道有今天，当初何必要去那家建筑公司？答应我……我们暂时不要孩子。"

这话要是让她父母听到了，一定会把我们臭揍一顿——可是既然老婆这样说了，我也只好唯命是从。


## 五


时至今日只要一想起她，我就会泪流满面。和她一起度过的日日月月，曾经是那样地充满了阳光。

我不知道自己在什么时候，什么地点，犯了什么样的错误……为此，我至今依旧感到由衷的遗憾。然而面对这一悲剧式的结局，她却没有表现出丝毫的留恋。

　　按照她的说法，我们结婚本身就是一个最大的错误。

　　回想起来，在我突然提出向她求婚的那一时刻，她的思维几乎陷入了停顿。公司的事情，父母的事情，加上多年的梦想即将化为泡影——所有这些因素交织在一起，让她的心灵产生了动摇，她开始感觉到从未有过的疲倦。为此，在我张开的双臂面前，她选择了拥抱。

　　欺骗，全都是欺骗……老实说，我也曾经为此感到过愤怒。难道说，我们之间的婚姻，竟然被她当成了一时的"避难"场所？

　　即便如此，毕竟当时我自以为看透了她的心思，才壮着胆子向她求婚，为此我无法完全否认她的想法。更何况，那时对于她能够拥向我的怀抱，我的确也给予了极大的期待。

　　正因为如此，对于能够和她结婚，我并不感觉到后悔。如果可能，我愿意永远和她生活在一起。

　　只是，在我毫不知情的情况下，事态已经发展到了一发不可收拾的地步。


　　我得知事情的真相，是在六月的一个星期日。

　　那天，一大早下起了小雨，我坐在起居室的沙发上，眼睛盯着电视屏幕。一部首映时错过了机会的电影，现在已经发行了 DVD 影碟，我立即租了一张拿回来欣赏。

往常，她总是会坐在我的身边，和我一同观看。那一天，早上起来她说头疼，把自己关在了卧室里。

无奈，我只好一个人看起了电影——且不知，她一个人躲在房间里，静静地等待着电影结束。我看完电影，把 DVD 光盘收好，这时她从房间里走了出来。

"小彩，你怎么啦?"

我见她面带难色，条件反射似地问道。只见她一双醒目的大眼睛里，流露出焦虑的神情，显得异乎寻常。

"你感觉不舒服吗?"

说着，我待要将自己的手掌贴近她的前额，她却猛地把头躲向一旁，顺势坐在了地板上。紧接着，她双手扶地，低着头跪倒在我的面前。

"对不起，请原谅我，突然提出这样的请求……我要和你离婚!"

说完，她面无表情，两只眼睛死死地盯着我。

"我说……你不是在开玩笑吧!"

"不，我不是在开玩笑，我有了更好的人，所以希望和你离婚。"

有了更好的人——如此轻浮的一句话，顿时让我感到天塌地陷。

"你这样说……让我感到很意外。"

事到如今，再一一叙述我当时的反应，早已没有了任何意义。无论我用怎样的语言描述，却不足以表达出我内心的真实感受。就像人们无法使用语言，说明自己如何被宝石的魅力所迷惑一样。

待事态表面趋于平稳之后，我开始要求她说明事情的原因——没想到，理由却意外地十分简单。她与那位志愿活动组织的发起者见面之后，两个人便暴风骤雨般迅速地陷入了爱情的漩涡。

她在叙述事情的经过时，曾经使用了"见面之后"这样的字眼。时空交错，命运安排，一切都源自于缘分……就这样，他们在上天的指引下不期而遇。

"Every Jack has his Jill."

记得在中学或者高中的英语课堂上，我曾经学到过这样的谚语。

这句话的意思是"每一个杰克都会有一个吉尔与其相配"。可是这句话在我这个浪漫少年的笔下，却被翻译成了"一个人的另一半，本是命中注定"。

现在回想起来，这个所谓的"命中注定"果然大显神通——原以为我的那个 Jill 就是她，而她的那个 Jack 理所当然地就是我。

但是现实却适得其反，在她所参加的志愿活动组织里，她见到了自己真正的 Jack。

"我愿意为此承担全部责任。你可以对我进行惩罚，或打或骂，我都心甘情愿。我同意向你支付一笔精神损失费，所有财产均归你所有。总之……希望你恢复我的自由。"

我知道，我衷心爱着的女人，向我苦苦哀求时的心情如入地狱一般。不仅如此，说我把她关在笼子里，限制了她的自由，这又让我心如刀绞。

——本以为她因此重新焕发出朝气，却不知一切都事与愿违。

自从加入那个组织以后，她便如鱼得水——甚至比以前更加充满了生机。

我曾经暗自欢喜……满以为她从此又有了与T国交流的机会，一定会感到心满意足。没想到她早已变得面目全非，仿佛一轮新月，被"他"这颗太阳照耀得闪闪发光。

那以后，我完全失去了理智。我开始破口大骂，一气之下砸碎了所有的家具。我不希望再一次回想起当时的情形，因为它既愚蠢又显得毫无意义。

我决定从此忘记自己所做的一切——但是，让我感到彻底绝望的是，她竟然毫不隐讳地告诉我，她已经和他发生了关系。

面对这一事实，我确信……一切都已经无法挽回。

至少说，我已经无能为力。


回想起来，她早已经下定决心一意孤行，丝毫没有显示出和平解决的意向。在我看来……作为一个成年人，何尝不能采取息事宁人的态度，使问题得到圆满的解决？像这样天真迂腐，缺乏谋略，似乎也彰显出她放荡不羁的性格。

那以后按照程序，双方找来了律师，我因此得到了一笔精神损失费，并且办理了离婚手续。在外人的眼睛里，我不过是一个"被人霸占了老婆的可悲的男人"。

从此她离开了家，不久便把铺盖搬到了单身的他的家中，在没有办理任何手续的情况下，开始过起了夫妻生活——可那毕竟已经与我无关。

只是在后来，我无意中听到有人说，因为乱搞两性关系，他和她被志愿活动组织开除并受到了处分。不必说，那更是和我没有任何关系。

四年之后六月的一天，她的名字突然迅速地传遍了整个日本。据报道，在 T 国东北部山区，一辆轿车从山上坠落，同车的一位日本女子不幸遇难。

最初，人们怀疑当地的反政府武装参与了此次事件。事后查明，当天的一场暴雨造成公路坍塌车轮陷落，成为了此次事故的直接原因。事故当中，坐在驾驶席位上的他只受了一点轻伤，而她尽管系了安全带，却是几乎当场死亡。

据报道……为了在 T 国山区修建学校，她不远万里来到 T 国，并且为此献出了生命。作为一名日本女子，她的那种伟大的献身精神，受到了媒体的高度赞扬。

不知道媒体是从哪里得知的消息，一些记者竟然找我采访，遭到了我的当面拒绝。她已经有了新的丈夫，如果需要采访，理应找他才是。

说起来，我所了解的她，不外乎对公司失去了信心，没有了任何希望，一时间前途渺茫，为此不得不和大学时期的一个同学结婚，并且把它当成了自己一时的"避难"场所。无疑，这些内容不可能符合媒体的口味。

不过即使如此——我仍然有理由相信，在和我一起生活的那段时间里，她也曾真心地与我相爱。

她离开家之后，在纸篓箱里，我发现了她扔掉的一本绘画手册。翻开里面的内容，让我恍然大悟。

其中绘有她培育的盆景，有新婚旅行时从意大利买来的雕刻精细的八音盒，每一张都描绘得细致入微，堪称一幅幅精美的图画。作为画家，她具有非凡的眼力，她的作品无可挑剔。

我屏住呼吸，一页一页地翻动着画册——无意之间我发现，里面竟然还包括了几张我的素描画像。

其中有我打瞌睡时的画像，也有我全神贯注地注视着周围世界时的画像。可遗憾的是，所有这些画像都只画了一半，而且手法显得粗糙。与那些花卉和装饰物品相比，她似乎并没有倾注自己全部的热情和精力，这一点即使是外行人也都一目了然。

——无论怎样，她也曾真心地和我相爱。

看着这些画像，我不禁思绪万千。

我相信，她曾经十分珍惜着我们之间的婚姻，也曾真心地爱着我们的生活。这一点，只要看她的画册便可以一清二楚。

但是，她的思维却没有随着所处的家庭环境而改变——尽管她也曾经为此做出了极大的努力。

这时，我终于理解了爱与爱情之间的区别。

在我看来，只要经过一番努力，任何人都可以获得"爱"。

像这样，她能够主动为我画像，那便是最好证据。

俗话说，鞋子合不合适只有脚知道。对于她来说，我就好比是她穿习惯了的一双鞋。爱是依靠，是依恋。

与此相反，爱情与爱却有着本质的不同。

首先说，爱情就好比是一枚以理想为燃料的火箭。爱情使她坚信，他可以带领她勇敢地抛弃一个旧的世界，满怀希望地走向一个崭新的世界。

她最终没有能够完成我的画像。这一事实意味着，我的存在对于她来说，最多不过是一张草图。

可是，她对他的爱情，却让她彻底抛弃了那本绘画手册——这便是最后的答案。

不久，待媒体的喧嚣渐渐平息之后，我一个人来到了 T 国。

无疑，对于我来说她早已经是陌路生人。然而旧时的情怀，驱使着我一定要看一眼她离开这个世界的现场。

——真没想到，这个地方如此骄阳似火。

下了飞机走出机场，那便是 T 国给我的第一印象。

如果她能够一起和我同行，想必初来乍到的 T 国也不会让我感到如此孤单。第一次来到 T 国——而且是只身一人，乘车成了第一个必须逾越的难关。

经调查，她去世的地点位于深山穷谷，即使有汽车，一个外国人也很难到达。

幸运的是，我所在的公司在 T 国的城里有一家分公司。离开日本之前我曾请求那里的人，为我安排一位能够驾驶汽车的当地向导。

我走出机场，一位在分公司工厂工作的，看上去诚实的青年已经在那里等候。据他说，自己曾经在日本留过学，会说一口流利的日语。

"岛崎先生要去的地方离这里很远，开车需要好几个小时，并且那个地方十分危险。"

他面带微笑地对我说道。他接受公司的命令，似乎此次旅行只是出于无奈。我承诺回来之后会对他表示感谢，随后便乘上了他驾驶的汽车。

第一眼见到的 T 国，和我想象的并无多大差别。

城市和乡村的落差之大，让我一时感到很是惊讶。可是如果考虑到日本城乡之间的差距，那似乎又不足为奇。

汽车驶出城市不久，便是一片田园地带。展现在眼前的，是她描述过的一派景象。一望无际的稻田，稻田中央是一条笔直的公路，公路两旁像是两排路灯，种植着一排排叶片较小、羽叶呈扁平状的高大树木。我立刻想起来，那就是她曾经描绘在笔记本上的砂糖椰子。

驱车不到两个小时，汽车开始缓缓驶入一条弯曲的山路。车窗一侧，是一片绝佳景色。我天生患有恐高症，外面的景象让我感到一阵坐卧不安。汽车驶近她出事的地点之前，司机向导对我说——附近有一个小村庄，她和她的丈夫就曾经住在那里。我是她的前夫，这一点早已经不是什么秘密。

那是坐落在深山里的一个小村庄，我的到来引起了村里的人们极大的兴趣。她和她的丈夫曾经住在这里，村里人对于我这个日本人或许早已不再陌生。

司机用当地的语言说了些什么，于是，前来围观的村里的人们嘴里开始叨唠起"才吉""才吉"。

"岛崎先生原来夫人的名字，这里的人叫'才吉'，听起来似乎不像是个日本人呀！"

我正在纳闷，猛然间想到了其中的道理……她的名字原本叫"彩织"，用当地人的发音就成了"才吉"。

"噢，不是'才吉'，是'彩织'，她的名字叫'彩织'。"

我用半通不通的英语解释道，村里的人却显得非常朴实，跟在我的后面练习起了发音，"彩织、彩织"。

说起来，事到如今无论是"才吉"还是"彩织"也都无关紧要了——只是，作为她曾经到访过这里的象征，我仍然希望村里的人们能够准确地记住她的名字。只有这样，才能让她的名字具有真实的意义。

"岛崎先生，村里的人说，请您在这里休息一下，您看可以吗?"

"既然村里人挽留，我们就休息一会儿吧!"

我和司机来到了一间摇摇欲坠的茅草棚的屋檐下，坐在了一张板凳上。村里人递过来一瓶他们喜爱的果汁。

这时，大人们似乎已经没有了兴趣，三三两两地开始从我的视线中消失，只剩下一群好奇心旺盛的孩子们，围在了我的身边。

——宝石!

我看着那些一脸质朴无忧无虑的孩子们，不由得产生了联想。

或许，她正是为了这些孩子们，才来到这里修建学校?那么，目前的计划进展得如何?

我正在思考着，猛然间孩子们当中传出来一阵奇妙的儿歌声。

"喂——喂——快来看哪，不得了啦，不得了啦!"

我禁不住睁大了眼睛，挨个看了看每一个孩子的笑脸。

"喂——喂——快来看哪，不得了啦，不得了啦！"

不必说，这就是那首日本的儿歌——而且，并非她的家乡流传的以"不得了啦，不得了啦！"开头的版本，而是以"喂——喂——快来看哪！"开头的关东版本。

"这首儿歌，是岛崎先生原来的夫人教给孩子们的。"

开始时，只有两三个孩子在唱。慢慢地，其他孩子们也一起唱了起来，整个气氛一下子沸腾了起来。

"喂——喂——快来看哪，不得了啦，不得了啦！"

接下来的部分，不知道是她没有教给孩子们，还是孩子们已经记不住了，总也听不到"有孩子去告诉老师"。

终于，我被那歌声打动，拍着手也加入到了孩子们的行列当中。

"喂——喂——快来看哪，不得了啦，不得了啦！"

我带头唱起来的关东版儿歌，能够在遥远的异国他乡，在一群孩子中间放声歌唱，这让我感到一种说不出的惊奇。

是什么原因，让她没有把自己知道的儿歌教给孩子们，而是把我带头唱起的儿歌传授给了孩子们的呢？

毋庸置疑，答案只有一个——在她的心目当中，我的存在仍然占据着重要的位置。

毫无疑问，那是我和她曾经拥有过一段共同时间的唯一证据。时过境迁，物是人非，只有那段时间的沉积，却在 T 国的一个小小的山村里静静地流传了下来。

"喂——喂——快来看哪，不得了啦，不得了啦!"

像是在过节，又像是嘉年华，我和孩子们在一起，陶醉在一片欢乐之中。

此情此景，禁不住让我联想到……或许，他们也是"我的宝石"。